徳間文庫

セカンドライフ

新津きよみ

徳間書店

目次

見知らぬ乗客　5
演じる人　60
誤算　103
セカンドライフ　144
三十一文字《みそひともじ》　188
雲の上の人　227
定年つながり　264
あとがき　312

見知らぬ乗客

1

依頼者が書いたとおりの間取りだった。玄関を入って左手の壁に電気のスイッチがあるのは知っていたが、明かりをつけるまでの勇気はなかったので、用意した小型のペンライトの明かりに頼ることにした。

玄関で靴は脱いだ。あとで考えたら、リスクを伴うため脱がないほうがよかったのかもしれない。けれども、習慣で脱いでしまった。

胸の動悸《どうき》は、もはや抑《おさ》えきれないまでに高鳴っていた。当然だろう。他人の家。はじめて足を踏み入れる家だ。

ターゲットの男は、玄関に近い右手の部屋で寝ている。睡眠薬を常用しているので、いまごろは深い眠りに落ちているはずだ。大きな深呼吸をしてから、ドアノブを手袋をはめた手で静かに回した。

男は眠っている。いびきとまではいかないが、予想外に大きな寝息を立てている。依頼者が言ったとおり、サイドテーブルに置かれた布製の笠がかかった電気スタンドに豆電球が灯《とも》っている。都合のいいことに、男は顔を壁側に向けて寝ていた。

靴下を穿《は》いた爪先にかゆいような感覚が生じた。爪先にぎゅっと力をこめて、一歩ずつベッドに近づく。上着のポケットに忍ばせていた荷造り用の紐《ひも》を取り出すと、一度強く握り締める。また息を吸って吐くと、自らを鼓舞させたところで迷いを吹っ切る。

男は高さのある硬い枕を好んで使っているという。首と枕のあいだにわずかに空間が生じている。紐を持った手をその首に差し伸ばす。

いきなり男が寝返りを打って、顔がごろりとこちらに向いた。

心臓が跳《は》ね上がった。男の両目は、大きく見開かれていた。

「誰だ、おまえは？」

男が起き上がりかけた。

――もうあとには戻れない。

計画を中止することはできない。が、作戦は変更、絞殺はやめだ。とっさに枕元の電気スタンドの柄をつかみ、振り上げた。揺れた笠が男の顔を隠した。その頭をめがけて、凶器となる電気スタンドを振り下ろした。

＊

そこで、目が覚めた。全身にびっしょり汗をかいている。枕元の時計で時間を確認すると、大きなため息をついた。

夢というのは、なぜ、現実からひどくずれた映像を見せるのだろう。そして、見るたびに、凶器となるものも違っている。今回は電気スタンドだったが、前回はゴルフクラブで、その前は野球のバットだった。

だが、夢によって呼び起こされる不安や恐怖はいつも同じだ。この二十三年間、わたしは怖い夢を見続けている。

2

気がついたらうとうとしていた。居眠りするような状況ではなかったというのに。膝《ひざ》から何かが滑り落ちた感触で、ハッと目を覚ました。

「これ、落としましたよ」

と、隣の座席の女性がカバーのはずれた文庫本を差し出してきた。

「あ……すみません」

文庫本を受け取ると、「これも」と、窓側の女性は緑色のカードを差し出した。

「あっ、どうも」

あわててそれも受け取り、バッグにしまった。文庫本に挟んでおいた健康保険証だった。

「あなたは春田《はるた》ふみこさん？　それとも春田あやこさん？」

と、隣の女性は、透きとおるようなきれいな声で聞いた。

怪訝《けげん》な顔を向けると、「ごめんなさい。それ、見えちゃったから」と、隣の女性はわたしの手元を見て言った。健康保険証には氏名が記入されている。

「ふみこです」と、わたしはちょっと躊躇《ちゅうちょ》してから答えた。

「あら、わたしと一緒ね。わたしもふみこと読むの。丸岡《まるおか》文子です」

新宿に向かう特急あずさの中で偶然隣り合わせになっただけの女性に、名前を名乗られても、どう反応したらいいのかわからない。居眠りから目覚めたのだから、とりあえずは文庫本の続きを読むふりをしよう。ところが、本を開いたら、ページが逆さまになっていた。

「文子さんは、推理小説がお好きなの？」

隣の女性はくすりと笑うと、そう尋ねた。「名前の漢字が一緒で読み方も同じわたし」とまだかかわり合いを持ちたいらしい。少し煩《わずら》わしさを覚えたものの、「ええ、まあ」と答えておいた。拾い上げたときに表紙を見たのだろう。

「パトリシア・ハイスミスの『見知らぬ乗客』ね」

明らかにわたしより年上とわかる女性は、本の題名を口にした。

「読んだことがあるんですか？」

隣の女性はかぶりを振って、「でも、ヒッチコックの映画は観《み》たことがあるわ。男二人が列車の中で知り合って、一人が交換殺人を持ちかけるのよね」と言った。

同じ段落の活字ばかり目で追っているような状態だが、物語の設定は知っている。交換殺人とわかっていたから手に取った本である。

「あなた、誰か殺してほしい人でもいるの？」

初対面の人間に向けるセリフではないだろう。面食らっていると、

「冗談よ」

隣の女性――丸岡文子は破顔した。「さっき、うなされていたけど、大丈夫？」

「大丈夫です」

ちょっとかぜぎみで、と小さなうそと咳払いで、わたしはその場を切り抜けようとした。

「わたしもね、推理小説は好きなの」

丸岡文子は、うなされていた理由には頓着せずに、膝に置いた自分のバッグを探った。「いつも一冊、本を入れててね。バッグの中に本があると気分が落ち着くの。精神安定剤みたいなものかしら」

で、今日はこれ、と取り出したのは、カバーのかけられていない文庫本だった。アガサ・クリスティーの『鏡は横にひび割れて』だ。

「文子さん、読んだことある？」

「ええ。ミス・マープルが活躍するシリーズですよね。これ、面白いですよ」

受け取って、ページをぱらぱらとめくりながら答える。

「やっぱり、よっぽどのミステリー好きなのね。お近くに同類がいて嬉《うれ》しいわ」

丸岡文子は声を弾ませて、「それじゃ、結末は言わないでね。絶対にね」と、いたずらっぽい口調で念を押した。

「言いません」

ネタをばらすのは、ミステリーのルールに反する。

「アガサ・クリスティーの失踪事件って知ってる？」

丸岡文子は、声を落とすと、推理小説関係の質問をさらに重ねた。

「夫の浮気が原因で家出したんでしたっけ？」

うろ覚えの知識を返した。

「ええ、そうよ」

だが、そのとおり、と丸岡文子は嬉しそうに受けると、レポーターのようによどみない説明へとつなげた。「アガサ・クリスティーが失踪騒ぎを起こしたのは、『アクロイド殺し』を発表して手ごたえが得られたあとだったのね。元軍人の夫に自分より若い恋人がいるのがわかって、彼女は黙って家を出たのよ。売れっ子女性作家が行方不明になったと知って、マスコミは騒いだ。警察官が大勢出て捜索もした。失踪から何日目だったか、地方のホテルにアガサ・クリスティーらしき女性が泊まっているという情報が寄せられたのね。新聞に顔写真が載ったりしたから、ホテルにいた誰かが彼女に気づいたみたい。彼女は無事家に帰ったのだけど、失踪の理由を明らかにしなかったものだから、たくさんの憶測を呼んだの。『記憶喪失でした。失踪中のことは何も覚えていません』のひとことで、事件を強引に終わらせた形だったけど。でも、まあ、謎は残ったままよね」

「浮気した夫とはどうなったんですか？」

「離婚したわ。元夫は失踪の原因になった恋人と再婚した。アガサ・クリスティーもまた考古学者と再婚したの。有名な『オリエント急行の殺人』や『そして誰もいなくなった』は、再婚してから生まれた作品なのよ。それもね」

と、丸岡文子は、まだわたしの手の中にある『鏡は横にひび割れて』に視線を移した。

「これ、面白いですよ」

さっきと同じセリフとともに、推理小説が好きという隣人に本を返した。

「そう。じゃあ、楽しみに読むわね」

そう応じたあと、「文子さん、お金がほしいの？」と、唐突《とうとつ》に話題を転じられて、わたしの身体《からだ》は硬直した。

「どうしてですか？」

「別に深い意味はないのよ。さっき、うなされて『返します』って言ってたから。返すといったらお金かな、なんて思ってね。怖い夢でも見たの？」

——怖い夢。

そうだった、と胸をつかれるなり、さっきまで見ていた夢の一部が鮮やかに脳裏によみがえった。確かに、「借りたお金は耳を揃《そろ》えて返します」と、姿のぼやけた人間に対して平身低頭していた。まさか、そのセリフを声に出していたなんて。いや、大きな声を出したわけではなかったのだろう。特急の車内で二人がけの座席に並んでいたからこそ、至近距離の彼女の耳に届いてしまった寝言にすぎない。平日の車内は空《す》いている。

「あ、いえ、怖い夢じゃありません。友達に何か借りて、それを返す夢だったと思います。でも、何を借りたのかは忘れちゃって。ほら、夢なんてそういうあやふやなものだから」

「そう？　それならいいけど」

丸岡文子は声のトーンをさらに落とすと、ふたたび唐突に話題を転じた。「さっき、わたし、誰か殺してほしい人でもいるかと聞いたでしょう？　こっちの文子さんにはいるのよね」

「こっちの文子さん？」

丸岡文子は、「わたしのことよ」と、鼻の頭に人差し指をあてると、真顔になった。

「殺してほしい人がいるの」

返す言葉が見つからない。

「それが誰か、聞きたくない？」

「誰ですか？」

「あててみて」

面倒くさいと思う気持ちを好奇心が上回った。

「ご主人だったりして」

彼女の左手薬指にはまったシルバーの指輪を見て、わたしは言った。

「あたり」

丸岡文子は、ほっそりした指を鳴らした。「どうしてわかったの？」

「推理小説では、既婚女性が殺してほしい人間といえば、夫かその愛人のいずれかだと相場が決まっているから」

思いつきの理由を述べておく。

「ああ、そうね、そういう小説も読んだことがあるわ」

「どうして、ご主人を殺してほしいんですか？」

未婚者としてその理由は知りたい。

「そうねえ。定年退職後に家で好き勝手にしている夫を見ていたら、いっそのこと、いなくなってほしいと願うようになったのかも」

「それが、殺してほしいという気持ちに結びつくんですか？」

「突然死でもしてくれればいいけど、事故にでも遭わないかぎり、あのままずっと家にいる。誰か殺してくれないかしら……なんて思ってね」

「それは……」

「ひどい女だと思う？」

「あ、いえ、想像するのは自由ですから」

推理小説好きな妻が想像の世界でどう夫を殺そうと、彼女の勝手だ。罪には問われない。

「誰か夫を殺してくれないかしら」

しかし、現実となると、つき合いきれない。わたしは黙っていた。

「いくらなら夫を殺してくれるかしら」

「さあ」

「文子さん、あなただったらいくらほしい？」

「さあ、わかりません」

言葉とは裏腹に、頭の中には明確な数字が浮かんでいた。

殺人云々《うんぬん》は関係なく、お金は喉《のど》から手が出るほどほしかった。月末までに二百万円穴埋めしておかねばならない。職場で経理を任されている立場を利用し、「少しのあいだ借りるだけだから」と、自分に言い訳しながら不正操作して引き出したお金だった。期日までに返さなければ、横領が発覚してしまう。取り引き先の倒産で安曇野《あずみの》の実家の工務店の経営が傾《かたむ》き、「あと一千万円あれば、不渡りを出さずに乗り切れる」と、父親と工務店を手伝っている弟に頼まれて、自分の預貯金から八百万円を用立てたが、不足分を一時的に会社から「借りた」のだった。

「絶対に捕まらないとわかっていたら？　五千万円で請け負う？　それとも一億円？」

丸岡文子は、しつこく具体的な金額まで挙げてきた。非現実的なおかしなゲームにつき合う気が失《う》せて、わたしは読みかけの本を広げた。

「ごめんなさいね。読書の邪魔をして」

けれども、あやまりはしたものの、丸岡文子は、おしゃべりをやめるつもりはないようだった。とても読書に集中できるような精神状態にはない、と見抜いていたのかもしれない。

「ここに三百万円あるんだけど」

隣人が不意に口にした数字が現実味を帯びて迫ってきて、わたしの胸は大きく脈打った。彼女がバッグから引き出した厚みのある封筒に目をやる。喉が鳴った。すると、それが合図になったかのように、彼女はわたしの膝に封筒を置いた。膝が熱を持つ。

「汚れたお金じゃないのよ。父が亡くなって相続した遺産の一部なの。実家のあと片づけもあって、松本に帰省したんだけどね。家や土地は兄たちに譲った形で、いちおう整理はついたの。それで、たとえば、この三百万円を内金という形で渡して、のちにその十倍の成功報酬《ほうしゅう》の残金を渡すと約束したら、請け負う人はいるかしら」

生々しい「殺人」に関する語彙《ごい》を省いて、隣人は話を続ける。わたしは、生唾《なまつば》を呑み込む音が彼女に聞こえるのではないかと恐れた。

「おしゃべり好きの変なおばさんが隣に座ったのが運の尽き。そう思って諦めてね。そして、これからわたしの言うことは、自分には無関係のひとりごとだと聞き流してちょうだい」

丸岡文子はそう前置きすると、視線をわたしから前の座席の背に移して固定し、その「ひとりごと」を語り始めた。

「わたしは、五十八歳の専業主婦。子供たちは独立して、現在は、四つ年上の元会社員の夫と、中野区内のマンションに二人で暮らしているの。マンションの間取りは三

ＬＤＫ。八階建ての二階。夫は几帳面《きちょうめん》な性格で、寝る時間も起きる時間も判で押したように決まっている。生活リズムを崩されたくないと言って、だいぶ前から寝室は別にしていてね、玄関を入って右の部屋に一人で寝ているわ。大きな図体をして怖がりで、真っ暗な部屋では眠れず、いつも電気スタンドの豆電球をつけて寝ているの。神経質なところもあって、一時期不眠症にかかってうつぎみになってね。ここ五年は睡眠導入剤を常用していて、夜の十時から朝の五時まではぐっすり眠っている。うちのマンションはいちおうオートロックだけど、築年数がだいぶたっていて、防犯カメラの設備はないのよ。理事会でそろそろつけようかという話が持ち上がっているけど、予算の問題もあったり、防犯意識希薄な人がいたりで、なかなか合意が得られなくて。夫は神経質で、枕も高くて硬めがいいなんてこだわりがあるくせに、寝るときはドアチェーンをかけないの。どこかの大きな地震で、玄関ドアが傾いてチェーンのせいで避難できなくなった話を聞いて、怖くなったみたい。わたしは、来週また家を留守にするの。そのあいだ夫は家に一人きり。だから、わたしの希望を叶《かな》えてくれる人がいたら……殺人を請け負ってくれる人が、という意味だけど、そのあいだが絶好のチャンスね。妻であるわたしのアリバイが作れるでしょう？　殺人を請け負う人とわたしに接点はないわけだから、警察が調べても請負人に行き着くはずがない。合鍵を使えば、夜中にわが家に侵入できる。誰かが侵入して、夫を殺害した。そういう結果になるのがわたしの理想。鍵をかけて逃げれば、そこは密室になる。鍵を持っていた誰かが犯人では、となって、家族にも疑いの目が向けられるわね。だから、鍵をかけなければいい。場合によっては、夫が自ら玄関ドアを開けて犯人を招き入れて、何らかの行き違いか弾みで殺された、と推測できる状況ができあがるかもしれない。犯人が特殊な工具を使ってこじ開けたという推理もできる。そのときはそのとき、臨機応変にね。いずれにせよ、誰かがわたしの夫を殺してくれればいいのだから。そのとき、わたしが遠く離れた場所にいればいいのだから」

「成功したとして、残りの報酬はいつどうやって受け取ればいいんですか？」

長いひとりごとを言い終えた隣人に、わたしは質問した。「殺人請負人」は、頭の中では「殺し屋」に変換され、その殺し屋は自分自身が演じていた。

「そこなのよね」

うーん、となって、隣人は口元を歪《ゆが》める笑いを作った。「事件として報道されたあと、被害者の妻は、当然、警察にマークされる。容疑者からははずれても、夫以外の男性関係などを調べられてね。同時に、社会の注目も浴びる。そんな中で彼女が加害者に会えば、接点が生じてしまう。関係を問われたら、ボロを出しかねない。となれば、やっぱり、二人は接触しないほうがいいという話になるわ。つまり、残りの報酬を渡す機会は失うわけ。銀行振り込みも証拠が残るから危険だしね。そうなると、時効が成立したあとかしら。十五年後なんて、それまで待てないでしょう？　だから、結局、うまくいかないのね、この計画は」

隣人は、手を差し出してきた。あなたの膝の上にある封筒を返して、という意味だろう。けれども、わたしは、札束の入った封筒を彼女に返却しなかった。この三百万円さえあれば、実家の窮状を救うことができる。自分の身を守ることもできる。

「いまのひとりごと、忘れてちょうだい」

気が抜けたような声でそう言いながらも、隣人は、自分の住所と家の間取りと外泊予定の日時をメモした紙を封筒の上に載せ、ついでのように一本の鍵も載せると、

「じゃあ、読書タイムにしようかしら」と言って、『鏡は横にひび割れて』の世界に入って行った。

それから新宿駅に到着するまで、わたしたちはひとことも会話を交わさずに、わたしは『見知らぬ乗客』を読むふりをし続けた。

「実行できなかったら、この三百万円は必ずお返しします」

新宿駅に着いて席を立つ直前、わたしはうわずった声で隣人に言った。

3

「そういえば、わたしも貸したまま返してもらっていないお金があったわ」

文子がそう言い出したのは、テレビのワイドショーを観ていたときだった。「親しい間柄でも借金トラブル」というテーマで、認知症の母親を看取《みと》るまでのいきさつを書いた本がベストセラーになった女優と男性弁護士が出演していた。

「それっていつのこと？　いくら貸したの？」

由美子《ゆみこ》は、驚いて聞き返した。母親と同居を始めて二十年以上。はじめて聞く話だった。

「だいぶ前、もう何十年も前になるわね」

文子は、眉根《まゆね》を寄せてしわが刻まれた額《ひたい》にさらに細かいしわを生じさせると、「いくらだったかしら」と首をかしげた。

「誰に貸したの？」

「わたしと同じ名前の女だったわね」

ところが、文子は、貸した相手については即答した。

「お母さんと同じって、文子という名前の女性？」

「そう、文章の文のふみこさん」

「何文子さん？」

「さあ、苗字は思い出せない」

「貸したのは確かなの？」

「ええ、間違いなく貸したのよ。何百万もね」

「何百万って、二百万？　三百万？　四百万？」

「そのくらい」

「かなりの金額じゃないの。その文子さんって人に一筆書いてもらったの？」

「書いてもらわなかった気がするけど」

「じゃあ、だめじゃない。借用書がないのだったら」

「でも、文子さんは、『必ずお返しします』って約束してくれたのよ」

「どうして、何百万ものお金を文子さんに貸したの？」

「どうしてなのか……。わからないわねえ」

ふたたび首をかしげて考え込んでしまったので、由美子は愕然《がくぜん》とした。先月で八十一歳になった後期高齢者入りして久しい母親である。二年前には膝に痛みが出て、脊《せき》柱管狭窄症《ちゅうかんきょうさくしょう》と診断された。出歩くのが億劫《おっくう》になったせいか、生活全般に対する意欲も薄れてきた。白内障《はくないしょう》を患《わずら》って視力が低下したいまはテレビばかり観ているが、昔は読書好きで知的な母親だった。

「いつごろの話なの？　よく思い出してみて」

テレビを消して、由美子は母親と向き合った。「お父さんが生きていたころ？　それとも、亡くなってから？」

由美子の父親であり、文子の夫であった丸岡健次郎《けんじろう》は、二十三年前に中野区の自宅マンションで殺害された。五月下旬。その日、文子は松本に帰省していて留守だった。文子の実家の父親が他界して数か月後のことである。夜中に何者かが侵入し、一人で就寝していた健次郎を殺害した。死因は撲殺。凶器は、玄関にあったゴルフクラブだった。防犯用に傘立てに古いゴルフクラブを何本か差していたのだ。鑑識や検死の結果から、健次郎は物音に気づいて起き出してきたところを、侵入者に襲われて殺害されたものと推測された。健次郎が倒れていたのは玄関に続く廊下だった。死亡推定時刻は午前一時前後。玄関の鍵はかかっておらず、室内は荒らされてはいたが、金品が盗まれた形跡はなかった。

「まだお父さんが生きていたときだったと思うけど」

とは答えたものの、自信なさげに文子は首をひねる。

「文子さんって、どんな女性だったの？」

「わたしより若かったわね」

「それ以外に覚えていることはないの？　どこで知り合ったとか」

「さあ、どこだったかしら」

思い出せずに情けない、というふうに顔をしかめられたので、由美子は諦めた。最近の母は、記憶力の低下を自覚しているらしく、歯がゆさを露《あらわ》にする。その表情を見ていると、娘としてやりきれなくなるのだ。母親の老いを目《ま》の当たりにするのはつらい。

――父の生前？　母が文子という母より若い女性に二百万円から四百万円くらい貸したことがある。「必ずお返しします」と文子は母に約束した。

由美子は、聞き取った内容をメモした。

事件が起きたのが一九九五年五月で、当時はまだ殺人事件の公訴時効が存在していた。その後、犯罪被害者やその家族の支援に関する法改正が相次ぎ、由美子も文子と一緒に、公訴時効廃止に向けてのビラ配りなどの活動に参加したこともあった。そして、ついに二〇一〇年四月の刑事訴訟法及び刑法の改正により、殺人事件の公訴時効は廃止されたのだった。ほんのひと月の違いで、健次郎が殺害された事件に関しては、公訴時効は撤廃となり、永遠に捜査されることになったのだ。

どんな些細《ささい》な手がかりでも事件の解決につながる可能性がある。

4

玄関に足を踏み入れた瞬間、背筋を悪寒が這《は》い上がった。

――殺人現場にわたしの娘が住んでいる。

訪問するたびに、由美子はその事実を自覚させられ、文子の孫娘にあたる麻紀《まき》の奇特さに思いを馳《は》せる。

「殺人事件が起きた家なのよ。怖くないの？」

大学進学を機にここで一人暮らしを始めたいと切り出されたとき、由美子は娘の真意をはかりかねた。

「別に怖くないよ。おじいちゃんの無念を晴らすためにも、事件が解決するまでわたしはここに住み続けるからね」

麻紀は、強い口調でそう答えた。

　健次郎が殺害されたとき、麻紀はまだ三歳だった。成長してから、祖父の記憶がないことをひどく残念がった。祖父が殺された事件の概要を知ると、「将来、わたしが絶対に解決してみせる」と、唇をかみ締めんばかりの表情で誓った。都内の大学の法学部を卒業後、麻紀は宣言したとおりの道を選んだ。警視庁警察官の試験を受けて合格し、晴れて警察官となったのだった。現在は、目白警察署の生活安全課に勤務している。

　今日が非番の日だと聞いて、由美子は、文子をデイサービスに預けたあと、さいたま市の自宅から中野の麻紀の家にやってきた。

「やっぱり、一人暮らしには広すぎるわね」

　ダイニングテーブルに着くと、由美子は改めて室内を見回した。

「使っているのは、ここと和室だけだもの。広さなんて意識しないよ」

　あっけらかんと麻紀は返す。リビングダイニングと、それに続く六畳の和室を寝室にして、それ以外は使っていないのは由美子も知っている。

「いまなら、大丈夫じゃないかしら。ここ、売りに出さない？」

　いつまでも忌《い》まわしい記憶の伴《ともな》う場所に、娘を住まわせてはおけない。住居の話題になったついでに、由美子は提案してみた。麻紀が住むまでここは空き部屋になっていた。事件が起きたとき、健次郎は定年退職後で住宅ローンは払い終えていた。

「むずかしいと思うよ。いまはネット社会だから、過去の殺人事件を検索されて、ここに行き着くだろうし。やっぱり、ここは、わけあり物件のままだよ」

自分でいれたコーヒーを母親に勧《すす》めて、麻紀が言った。

「ネット社会か。あのころもっといろいろ発達していたら……」

防犯カメラが急速に普及し始めたのは二〇〇〇年代に入ってからだし、新築物件は別として、二十三年前にはこのマンションには一台もカメラは設置されていなかった。館内に防犯カメラがあったら、犯人が映っていたかもしれないのに、と悔やまれたものだ。

「でも、時効が撤廃されて、おじいちゃんの事件は捜査続行となったのだから、ラッキーだったと思わなくちゃ」

「そうよね」

愚痴《ぐち》は言わず、つねに前向き。娘のそうした姿勢に、由美子は感心させられる。

「で、おばあちゃんの話だけど」

麻紀が身を乗り出し、本題に入った。「最近、何か変わったことがあった？」

「そうねえ」

と、由美子は、最近の文子の様子に思いを巡らせた。早期退職してから通信教育の添削の仕事は続けているが、ずっと文子のそばにいて、通院にも付き添っている。

「年相応に忘れっぽくはなったわね。びっくりしたのは、簡単な単語が出てこなくなったことね。昨日だったか、『ほら、甘口と辛口があるあれで、子供が好きな……』なんて額に手をあてて思い出す顔をしたの」

「カレー？」

「そう、そのカレーって単語を忘れるなんて、さすがに驚いたわ」

「でも、甘口や辛口なんてキーワードを覚えているんだもの。やっぱり、すごいよ、おばあちゃんは」

と、あくまでも麻紀は楽観的で前向きな子だ。年長者を持ち上げることも忘れていない。

二十三年前、夫を殺害されてパニックに陥り憔悴《しょうすい》した文子を、由美子は放っておくわけにはいかなかった。弟は仕事で海外に住んでいて、頼ることはできず、自分が支えるしかないと思った。事件現場となった家に文子を一人で住まわせてはおけない。犯人が捕まらない以上、不安な日々は続く。当時、由美子も夫も中学校の教師として忙しい日々を送っていたが、由美子はしばらく休職して文子のもとにいた。警察の捜査に協力する必要もあった。その後、家族で話し合って、埼玉県の自宅に文子を引き取り、同居することにした。それまで保育園に預けていた麻紀の世話は、文子が一手に担うことになった。したがって、麻紀が「おばあちゃん子」なのは、当然といえば当然なのだ。麻紀がまっすぐないい子に育ったのは文子が手をかけてくれたおかげ、と由美子は母親に感謝している。

「おばあちゃんは、お金を貸した相手の名前は、はっきり覚えているんだね」

由美子が書いたメモを見ながら、麻紀が話を続ける。

「テレビを観ていて突然思い出すなんて。どうしていままで忘れていたのか」

昔の記憶が断片的によみがえる。それも、認知症の初期症状の一つなのではないか。

「抑制力が弱まったのかもしれないよ」

「抑制力？」

「お金のことだけに、後ろめたさも手伝ってずっと家族に隠してきたのかもしれない。だけど、年をとって判断力が鈍くなったりして、秘密の箱の蓋《ふた》が緩《ゆる》んだんじゃないかな」

「なるほど、それはおもしろい考え……」

言いかけて、由美子もハッと思いあたった。「そういえば、おばあちゃん、最近は自分のことを『お母さん』とか『おばあちゃん』とか呼ばずに、『わたし』って言うようになったでしょう？　あれも、自我が前面に押し出されたからと考えると納得がいくわね」

「おじいちゃんが死んで二十三年もたって、ようやく自我に目覚めたとしたら、遅すぎだけど」

　麻紀の言葉に、「そうね」と由美子もため息をついた。「確かに、あなたのおじいちゃんが生きていたころは、おばあちゃん、すごく自分を抑えていたわね」

「夫が決めたことに、妻が黙って従う。まさに良妻賢母。お母さんは、そんな夫婦のあり方がいやで、自分は専門職に就《つ》いて自立しようと考えたんでしょう？　それで、教師になって、同じ教師のお父さんと結婚して家を出た。お見合い結婚したおばあちゃんへの反発もあったのよね」

「おばあちゃんのような専業主婦にだけは絶対になりたくない、そう思っていたから」

　と、由美子はうなずいた。夫とは大学時代に知り合い、同じ教育学部出身だった。

「いまや専業主婦なんて過去の遺物になってるよ。なりたくてもなれないし」

　と、将来年金をもらえるかどうかもわからない二十七歳のゆとり世代の麻紀は、吐き捨てるように言ってから、「間違っても結婚したいタイプじゃないけど、でも、おじいちゃんにはもっと長生きしてほしかったな」と、しんみりとつけ加えた。

「几帳面で神経質なところはあったけど、お酒も飲まずギャンブルもやらない、まじめな人ではあったわね」

と、由美子もめったに笑顔を見せなかった父親を思い出して言った。麻紀は、昔から自分の記憶にない祖父の話を聞きたがった。由美子はそのつど話してきたつもりだが、語り忘れていることもあった。

「よく離婚した夫婦が、価値観が合わなかった、って言うでしょう？　あの二人の場合は、価値観というより趣味のずれね」

「趣味のずれ？」と、麻紀が眉をひそめる。

「家を買うとき、あなたのおばあちゃんは、庭のある一戸建《いっこだ》てがほしかったのね。草花を育てるのが好きだったから。でも、おじいちゃんは、一軒家だと放火されるおそれがあるから集合住宅のほうがいい、って。小さいとき、隣の家が火事になって、自分の家に燃え移るんじゃないかと気が気じゃなかったとか。あとで放火だとわかって、よけい怖くなったのね」

健次郎は青森出身で、実家は兄が継ぎ、次男の彼は大学から東京に出てきた。事件が起きるかなり前に、すでに両親とも他界していた。

「ふーん。それで、マイホームはマンションになったのね」

「それから、あなたのおばあちゃんはすごく読書好きだったのに、おじいちゃんは本なんて全然読まずにテレビを観るのを趣味としてたわね」

「へーえ、そうだったの。おばあちゃんが本好きで、わたしにもよく絵本を読んでくれていたから、当然、おじいちゃんもそうだったんだろう、なんて思っていたけど、それは意外だったな」

「だから、定年退職したあとおじいちゃんにずっと家にいられて、おばあちゃんは苦痛だったんじゃないかしら」

「苦痛？　どうして？」

「定年後は、家でのんびりテレビを観て過ごしたい。あなたのおじいちゃんは、そういう男だったのよ。出歩く趣味もないクソまじめな男ね。番組表を見ながらきちんと時間割を作って、朝は何時から教育テレビの囲碁《いご》や将棋番組を視聴、次は英会話と歴史解説番組。きっちり十二時から一時までお昼休憩で、それからまた午後の教養番組を視聴。三時になるとティータイム。そのあと六時半まで教養番組とかニュースを観て、夕飯を食べてからは時代劇や報道番組なんかを観てね。それからお風呂に入って、就寝はこれもきっちり午後十時。こっちは同居していなかったから、最初は二人の暮らしぶりがわからなかったけど、おばあちゃんから定年後の一日の過ごし方を聞いて唖然《あぜん》としたわ」

「それじゃ、おじいちゃんのスケジュールに合わせて、おばあちゃんが三度三度ご飯も作らなくちゃいけなかったの？　おまけにお茶の用意まで？」

「そうよ」

「わたしだったら、拒否するな」

「お母さんだっていやよ、そんなのは」

「おばあちゃん、文句も言わずによくそんなハードスケジュールにつき合ってたよね。まったく自分の時間なんてないじゃない。定年後に自分のことは自分でできるように、いまは定年前から夫をしつけておくのが常識なのにね」

「おばあちゃんの時代は違ったのよ。それに、おじいちゃんは不器用だったから、下手に台所を使わせて食材を無駄にされたり、流しを汚されたりしたら、おばあちゃんのイライラが募るだけでしょう？　それで、我慢していたのかもしれない」

「だけど、おばあちゃんもまったく自分の時間が持てなかったわけじゃないよね。読書が趣味のおばあちゃんは、そのあいだ本を読んでいればよかったんだもの。おばあちゃん、翻訳ミステリーが好きだったでしょう？」

「ミステリーが好きな人間にとって、『昼飯』『お茶』って呼ばれて、そのたびに読書を中断されることほどつらいものはないわ」

「まあ、そうだね。だったら……」

そこで言葉を切って、麻紀は小さな吐息を漏らした。「おばあちゃんにもおじいちゃんを殺す立派な動機があった、ってことになるのか」

――定年後に一日中家にいる夫が邪魔。

そこに思い至って、由美子も顔をこわばらせると、「冗談だよ」と麻紀は笑ってから、警察官らしい推理を展開させた。「だって、警察がどんなに調べても、二人とも異性関係は浮上しなかったんでしょう？　おじいちゃんに愛人はいなかったし、おばあちゃんにもおじいちゃん以外の男の影はなかった。あれは、やっぱり、通り魔的な犯行としか考えられない。空き巣狙《ねら》いの常習者か。鍵が開いている部屋を狙って昼夜を問わず侵入する手口は、ほかの街で起きていたもの。現在もそういう線で捜査はされているみたい」

「そう」

由美子はうなずいた。管轄も部署も違うので、麻紀は自分の祖父が殺害された事件には直接かかわれない。捜査のために家族全員の指紋をとられたり、アリバイを確認されたりした日々が思い出される。ドアノブや玄関まわりからは家族以外の顕著《けんちょ》な指紋は検出されなかったし、家族には事件当夜のアリバイがあった。玄関ドアの鍵がかかっていなかったことから、健次郎が鍵をかけ忘れて就寝したのではという推測もされたが、慎重な性格の父親がかけ忘れるはずがない、と由美子は主張した。合鍵の存在も問題視された。実家マンションの鍵は、独立して家庭を持った由美子も海外にいた弟も持っていた。「予備に作った合鍵があったと思うけど、記憶が定かではない。家の中を探せばどこかにあるかもしれない」と、文子はあいまいな供述をした。実際に探してみたが、合鍵は出てこなかった。夫を失った直後で、あまり文子を責めるのもかわいそうとまわりが遠慮し、鍵の件はそれきりになってしまったが……。

「おばあちゃんがお金を貸したというその文子さんが、事件にかかわっている可能性があるの？」

由美子は、警察官である娘の推理に興味を抱《いだ》いて聞いた。事件の前に松本の父親が亡くなり、文子には遺産がだいぶ入った時期だった。

「借金の件で、深夜家を訪ねてきたけど、おばあちゃんはいなくて、かわりに寝室から起き出してきたおじいちゃんに問い詰められて、衝動的に……という展開が考えられなくはないけど、その推理じゃ弱いよね」

「その情報、捜査本部には伝えるの？」

縮小されたとはいえ、捜査は続行中だから捜査班はある。

「ううん、いまはまだ伝えない」と、麻紀はかぶりを振った。

そのほうがいい、と由美子も思った。文子の記憶が正確だとは言い切れない。

5

春田文子は、真紅の薔薇《ばら》の花束をバッグを持った右腕から左腕に抱え替えた。一時間前に部長の言葉とともに贈られた花束だった。その挨拶の言葉が鼓膜によみがえる。

「春田さん、今日まで長いあいだ、経理畑ひと筋にお勤めご苦労さまでした。春田さんは、わが社における女性の定年退職者第一号になります。これは、大変な偉業であります。いままでわが社に貢献してくださり、誠にありがとうございました。どうぞ、今後は第二の人生をゆっくり送ってください。長い時間をともに過ごしてきたみなさんからもひとことずつ、春田さんに感謝の言葉を贈りましょう」

自分よりちょうどひとまわり下の部長の隣で、文子は身体を縮《ちぢ》こまらせていた。フロア全体の視線を集めて緊張し、消えてしまいたいような思いに駆《か》られたが、いや、もう少しの辛抱だと自分に言い聞かせた。明日からは文字どおり、この場から消えるのだから。

「春田さん、定年退職、おめでとうございます。いままでありがとうございました」

「本当にお疲れさまでした。わたしも春田さんに続きたいです」

「春田さんがいなくなると寂《さび》しくなります。毎日の花の水替え、ありがとうございました」

「また遊びにきてくださいね。お元気で」

社交辞令とわかる言葉の数々を贈られたあと、花束を持ってフロアを出て、エレベーターに乗り込んだ。扉が閉まるまでの見送りなのが救いだった。エントランスまで誰かについて来られたら、気まずさを隠し切れなかった。

大学を出て三十七年間。われながらよく勤めあげたものだと文子は思う。会社における女性の定年退職者第一号だというが、そのことにいちばん驚いているのは文子自身だった。

お局さま的存在にならないように笑顔を心がけ、やさしい言葉を心がけて今日まできた。でしゃばらず、控えめに。長い会社員生活では経理事務担当という性格上、金銭面でのトラブルが起きそうになったこともあったが、何とか回避して、表沙汰にならずにすんだ。

中堅どころの精密工業会社に就職したとき、ここにいられるのも結婚するまでかな、などとぼんやり思った。恋愛相手がいなかったわけではないが、縁がなかったのか結ばれずに、結婚退職もせず、結婚そのものもせずに、春田文子のまま定年退職を迎えることとなった。

希望すれば、あと三年は定年を延長して勤められたかもしれない。だが、文子は希望を出さなかった。定年を迎えた女性もはじめてなら、定年延長を希望する女性もはじめてとなるわけで、会社の上層部が困惑するのが目に見えていたし、もう役目を果たし終えた気がしていたからだ。

第二の人生、文子にはやりたいことがあった。一人暮らしの寂しさを紛《まぎ》らわせるためというわけでもなかったが、長年住んでいるアパートの部屋には花を欠かさず飾ってきた。昼間不在の時間が長いとはいえ、帰宅した部屋に生花があると気分がほぐれ、疲れが吹き飛ぶ。

行きつけの花屋は、最寄り駅の隣駅前にある。顔なじみになった女性店主にもうじき定年だと告げると、「あなた、まだ若いわ。そのあとうちで働かない？」と誘われた。年金が満額もらえる年齢になるまではつなぎの仕事を探すつもりでいたので、ありがたく受けた。

最後の勤務日。寄り道せずにまっすぐ帰路に就いたのだった。送別会はもう三週間も前に開いてもらっている。アパートまではあと数百メートル。文子は歩調を弱めると、抱えた花束に目をやった。いつも選ぶのは安い花ばかりで、こんな高価な薔薇は買ったことがない。自己主張の強い薔薇より、控えめでやさしげなカーネーションやガーベラのほうが自分に似合っている。もっとも好みなのは野に咲く名も知らない花で、休日には雑誌で見た風景に憧れて、都心をはずれて郊外まで足を延ばし、目についた喫茶店に入って好きな本を読むのを至福の時間としている。

――豪華な薔薇に見合う花瓶なんて家にはないわね。

若いころ、友人の結婚式の引き出物にもらった花瓶があったかしら。過ぎ去った時間を思い返し、花束に添えられたメッセージカードを見ているうちに発見してしまった。「祝ご退職・春田文子様」と書かれた文字のまわりをアルファベットのイニシャルが取り囲んでいるが、すべての文字が「H」と「F」で構成されているではないか。

――誰が作ったカードか知らないけど、わたしの名前を「ふみこ」だと思い込んでいたのね。

職場での自分の存在感の薄さを改めて思い知って、文子は自嘲《じちょう》ぎみに笑った。

その瞬間、背後で鋭い音を伴った風が巻き起こった。車道側にものすごい力で身体を引っ張られた。肩に掛けたバッグの紐を引っ張られたのだ、と気づいたときには、文子は前のめりに路上に倒れ込んでいた。

6

骨が脆《もろ》くなっているから気をつけるように、と医者に注意されてはいたが、家の中のちょっとした段差につまずいて転び、大腿骨頸部骨折《だいたいこっけいぶこっせつ》という大怪我にまで至るとは思わなかった。しかも、手術が必要になるという。

総合病院に入院した文子を見舞って自宅に戻った由美子は、母の部屋に入った。居間に続く和室にベッドを置いて、文子の部屋にしている。押入れは使いやすいクローゼットに改造してある。こんな機会でもなければ、家探しはできない。事件解決の手がかりになるものはないか、と考えたのだ。

——年が年だから、リハビリをして戻っても寝たきりになるのでは。

そうなったら、身体の各機能が低下して、もの忘れの症状もぐっと進むのではないか。そんな不安を払拭《ふっしょく》するかのように、由美子は忙《せわ》しく身体を動かした。母の持ち物はそう多くはない。現在麻紀が住んでいる中野のマンションから引っ越して来るときに、衣類や本の類《たぐい》をだいぶ処分した。「でも、これだけは捨てられないの」と言って運んできた書物は、推理小説の文庫本を中心に本棚に並んでいる。

ベッドをのぞけば、置いてあるのは本棚と、引き出しのついた背の低い飾り棚だけだ。飾り棚の上には小型の仏壇が設置されている。まずは引き出しから調べてみた。預金通帳や年金手帳などのほか写真や手紙類、印鑑などが入っている。一緒に住むようになってからは、母の年金を含むお金の流れは娘の由美子が管理し、把握しているが、いちおうチェックした。不審な動きはない。通帳や手帳のすべてのページを点検して、何も挟まっていないことを確認し、写真や手紙にも目を通した。それらはすべて、文子にとって思い出の詰まったものらしかった。古い友達からの手紙や昔撮った家族写真や雑誌の切り抜き、知人にもらった海外みやげのハンカチや扇子など……。

最後に本棚に取りかかった。アガサ・クリスティーやエラリー・クイーンなど由美子もよく知っている作家の本のほかに、ジョナサン・ケラーマンやアイラ・レヴィン、トマス・ハリスなど、聞き慣れない作家の本も揃っている。日本の推理小説も含めて全部で二百冊くらいあるだろうか。

――一冊ずつ中身をチェックすべきか。

そう思って本棚全体を眺めた。視線を下にずらしていくと、透明なビニール袋に包まれた最下段の一冊が目にとまった。背表紙のタイトルは『鏡は横にひび割れて』。ビニール袋に包まれて差し込まれているのは、この一冊きりである。

読んだことのない本だったが、題名はどこかで聞いたことがある気がした。抜き出して、ビニール袋から取り出す。日焼けしたページをめくってみると、題名が左側に印刷されたあいだに一枚のメモ用紙が挟み込まれていた。右ページには「織物はとびちり、ひろがれり　鏡は横にひび割れぬ『ああ、呪いがわが身に』と、シャロット姫は叫べり。」というアルフレッド・テニスンの詩の一節が引用されている。題名の由来になった詩のようだ。

二つ折りにされた紙を広げて、由美子は息を呑んだ。

――春田文子　１９９５・５
見覚えのある母の字だった。母は昔、文子という名前の自分より若い女性に何百万円も貸したことがあったが、返すと約束されたのに返してもらっていない、と言った。一九九五年の五月に文子の夫、健次郎が殺害される事件が起きている。二人の女と借金。何か事件に関係があるのだろうか。

——麻紀に知らせないと。

胸に生じたざわめきを抑えて、麻紀の携帯電話にメッセージを残そうとしたとき、その麻紀からタイミングよく電話がかかってきた。

「ああ、お母さん。夕方にでもしかるべきルートから連絡がいくとは思うけど、先にわたしから知らせとくね。事件の被害者家族ってことで、捜査班からわたしに第一報が入ったの。おじいちゃんを殺した男の逮捕が、まもなく確実になる。現在、窃盗容疑で神奈川県警で取り調べを受けている男のＤＮＡが一致したんだよ」

「ＤＮＡって……」

「おじいちゃんの事件で、現場に毛髪の遺留品があったでしょう？」

予想もしなかった突然の朗報で、とっさには思い出せずにいたが、じわじわと記憶が戻ってきた。殺人事件には一般に公表されない情報もあるのだ、と犯罪被害者の家族になってみて実感した日々がよみがえる。室内から家族以外のものと思われる毛髪が何本か発見されていたのだった。

「この二十三年のあいだに、ＤＮＡ鑑定の技術も飛躍的に進歩したんだよ。それで、解決に至る事件も出てきたってわけ。ねっ、公訴時効が廃止されてよかったでしょう？」

「あ、ああ、そうね」

受ける声が自分のものではないように感じる。今度は、自分が重要な情報を与える番だ。「ねえ、麻紀。文子さんは、やっぱりいたわ。春田文子って名前の人が」

7

――住居侵入・窃盗の疑いで神奈川県警平塚中央署で取り調べを受けていた職業不詳高梨正人《たかなしまさと》容疑者（五二）のDNAが、二十三年前に東京都中野区で起きた殺人事件の現場に残されていた遺留品のものと一致したとして、警視庁中野東署は同容疑者を殺人の容疑で再逮捕した。高梨容疑者は一九九五年五月二十三日深夜、中野区上鷺宮の丸岡健次郎さん宅に忍び込み、居合わせた丸岡さん（当時六二）を殺害した疑いがもたれている。同容疑者は「玄関の鍵が開いていたので盗み目的で侵入したが、起き出した丸岡さんに見つかったので殺害した」と供述している。平塚市内では未施錠の住宅を狙っての空き巣被害が続いており、付近の見回りを強化していた。

＊

骨折をきっかけに衰弱が急速に進むのでは、という危惧《きぐ》が不幸にも的中してしまった。

手術後一か月入院して介護用ベッドを備えた自宅に戻った文子は、定期的にリハビリに通い始めたものの、芳《かんば》しい成果が得られずにいる。嚥下力《えんげりょく》も衰えたせいか、食べる気力がわかないらしい。由美子が用意する食事にも手を伸ばさない。食べないから体力が衰え、それに伴って気力や思考能力が衰えるという悪循環だ。

「もうひと口、がんばって食べて」

トロミ剤をつけて柔らかくしたじゃがいもを口元に運ぼうとしたとき、もうたくさん、というふうに文子が首を振って拒否した。

玄関で物音がしたので、「待っててね」と言い置いて、由美子は席をはずした。「大事な話があるから」と、麻紀が来る予定になっている。夫は、修学旅行の付き添いで昨日から京都に出かけている。

「勝手に入るから、出迎えなくていいのに。ほら、鍵は持っているから」

麻紀は早口で言い、文子の部屋へとまっすぐに向かう。老人がいる家の流儀を心得ている。

部屋に戻ると、文子はもうベッドで目をつぶって寝ていた。由美子はテーブルを片づけて、母が眠りやすいようにベッドの背もたれの角度を調整した。

「春田文子さんは、丸岡文子という女性を知ってたの？」

ベッドの前の椅子に向かい合って座ると、由美子は、警察官の娘に問うた。それがいちばん知りたい情報だった。

電話で春田文子の名前を聞かされた麻紀は、「その名前に心あたりがある」と言った。調べたところ、管轄内で起きたひったくり事件の被害者の名前が「春田文子」だった。ただし、「文子」と書いて「あやこ」と読ませるという。背後から近づいてきたバイクにバッグを紐ごと引っ張られて奪われ、転倒して怪我をしたのだという。付近の防犯カメラと後ろを走っていた車のドライブレコーダーの分析からバイクが割り出され、二日後には容疑者の逮捕に至ったが、怪我を負った春田文子が退院するまでには時間がかかった。それが昨日で、麻紀は彼女の自宅に会いに行ったのだという。

「結論から言うと、春田文子さんはおばあちゃんのことはまったく知らなかった。二人に面識はなかったけど、でも、無関係ではなかったのよね」

「どういうこと？」

「春田文子さんは、定年退職の日にひったくりに遭っている。贈られた薔薇の花束を抱えたままね。彼女は、会社で初の女性の定年退職者だった。三十七年間も一つの会社で勤めあげて、退職金をもらって去って行く。カッコいいと思わない？　それはともかく、彼女は入社以来、経理事務を担当してきただけあって、数字に敏感で、記録魔でもあった。それが今回すごく役に立ったの。文子さんは、仕事のことも書けば私的なことも書く日記をずっとつけていた。だから、一九九五年の五月の記録もちゃんと残っていたんだよ」

「何が書いてあったの？」

その年のその月に、丸岡健次郎は殺されている。

「五月十四日の日記に、『健康保険証をなくしたかも』と書き込まれていて、その一週間後には『保険証が見つかった』という記述があったの」

「誰かが拾って、警察に届けたの？」

「友達が見つけて返してくれたんだって。友達の家に行ったときに、お財布の中から落ちたのに気づかずにいて、あとで友達が見つけて返した、という流れみたいだけど」

「どういう友達？」

「大学時代の友達で、卒業後、その友達も鉄鋼会社の経理課にずっといたんだって。でも、友達のほうはその後結婚退職して、いまは濱村冴子《はまむらさえこ》という名前になっている」

二人のつながりと母との関係がよくわからずに、由美子は首をかしげた。

「濱村冴子さんの実家は、長野県の安曇野なんだって」

「じゃあ……」

「あのころ、おばあちゃんは、実家の用事で頻繁に松本に行ってたんでしょう？　たとえば、おばあちゃんが濱村冴子さんと松本近辺のどこかで知り合っていたとしたら……」

「だけど、おばあちゃんがメモした名前は『春田文子』だったわ。しかも、おばあちゃんによれば、読み方は『ふみこ』のはずだけど」

「濱村冴子さんが、返却する前の『春田文子』の健康保険証を持っていたとしたら？　それを何かの拍子におばあちゃんが見つけて、濱村冴子さんに話しかけて、彼女も何らかの意図があって『春田文子』になりすましたとしたら……。他人になりすますのだから、後ろ暗さは生じる。それで、名前の読み方を変えて本人から遠ざかろうとした……」

「そうか、借金」

自然にその言葉が由美子の口からこぼれ出た。

「そう、おばあちゃんは『春田文子』に何百万も貸した、と言っている。『春田文子』になりすました濱村冴子は、どうしてもそのお金が必要だったんじゃないかな」

「でも、おばあちゃんは返してもらってない、って言ってるわ」

「おいそれとは返せない性格のお金だったのかもしれない」

「おばあちゃんが春田文子、いいえ、濱村冴子にお金を貸したのは、二十三年前のそのときと考えていいの？」

「その可能性が高いよね」

推理の先に深い闇を感じて、由美子の思考にストップがかかったようになった。混乱から抜け出すために、「そういえば」と観点を変えた。「麻紀はさっき、鍵を持っているから、と言いながら家に入ってきたでしょう？　事件の夜、玄関ドアの鍵を開けたのは誰なのかしら。犯人の男は、『玄関の鍵は開いていた』と言ってたわよね」

「うん、わたしもおじいちゃんが自ら開けたとは考えられない」

と、麻紀も言った。慎重な性格の父が施錠を忘れるはずがない、と事件後に主張したのは由美子だった。高梨容疑者は、マンションのフェンスを乗り越えて侵入し、低層階を中心に未施錠の部屋を狙っていたという。

「あのころのおじいちゃんは、睡眠導入剤を常用していたわ。事件が起きた時間帯は、普通ならぐっすり眠っているはずだったのに、あの日はおばあちゃんが不在で量を少なめにしたのか、いつもより効き目が悪かったのか、とにかく物音で起きてしまったのね。それで、運悪く室内を物色中の男と出くわしてしまった。犯人の言っていることが正しいとすれば、最初から鍵はかかっていなかったことにならない？」

「その可能性が高いよね」と、麻紀がふたたび同じセリフで受ける。

「犯人より先に鍵を開けた誰かがいる。そう考えられない？」

「そうなるね」

ため息とともに受けると、麻紀が「で、例の本だけど」と、ビニール袋にくるまったまま本棚に差し込まれていた『鏡は横にひび割れて』に言及した。

「なぜ、おばあちゃんはあんなふうにビニール袋に入れてしまっておいたんだろう。中には大事なメモも挟まれていた」

濃い闇のさらに奥に進むのが怖くて、由美子は黙っていた。

「研修で鑑識の方法も習ったから、わたし、指紋についてはくわしいのよね」

すると、麻紀はちょっと自慢げに切り出した。「空き缶やガラスに付着した指紋は、わりあい短い時間で消えてしまうけど、紙に付着した指紋は驚くほど長期間残ることがわかっている。それこそ何十年もね。だから、もし、おばあちゃんがあの本を誰かに貸したとしたら、その人の指紋が残っている可能性は充分考えられるね」

「もし、春田文子が……いえ、濱村冴子があの本に触っていたとしたら、本から彼女の指紋が検出できるかもしれないの？　だったら、あの本は……」

「そう、彼女と会った証拠としておばあちゃんが保管していたと考えられるよね。おばあちゃんは、いまで言う相当なミステリーオタクだったから、その種の知識もあったと思う」

なぜそんな証拠が必要だったのだろう、と自問したときには、由美子にもすでに答えらしきものがぼんやりと見えていた。

「おばあちゃんと濱村冴子は、何らかの取り引きをした。おばあちゃんが濱村冴子に何かを依頼し、濱村冴子はその報酬としてお金を受け取った。二十三年たって、おばあちゃんは認知症にかかり、詳細は忘れてしまったけれど、お金を渡したという記憶だけは残った。お金に関することだけに、あとで揉《も》めないように、おばあちゃんは『保険』としてあの本を保管しておいた。けれども、いまや本の存在すらも忘れてしまっている」

麻紀は、淡々と推論をまとめた。

「それって、つまり……」

由美子は、そのあとを引き取るのをためらった。

ベッドでか細い声が上がった。文子が浅い眠りから目覚めたらしい。

「おばあちゃん」

やさしく呼びかけて、麻紀がベッドに近づいた。「春田文子さんのことは覚えている？　おばあちゃんと同じ名前の文子さん。おばあちゃんは、おじいちゃんが亡くなる前に、春田文子さんに会っているんじゃない？　そのとき、春田文子さんにお金を渡さなかった？」

文子は、垂れ下がったまぶたをかすかに震わせただけで、口を開こうとしない。

「おばあちゃんは、もう何も覚えていないのかもしれないわね」

後ろから由美子は言い、ため息をついた。先日、健次郎を殺害した男がようやく逮捕されたことを報告したときも、文子はうつろなまなざしを向けただけで何の反応も示さなかった。

「どうするつもり？」

由美子は、母から娘へと視線を移した。「あの本を鑑識に回すの？」

しばらく考えていた様子の麻紀だったが、首を横に振ると、「でも、真実は知りたい」と言ってから、言葉を継いだ。「同じ女として、おばあちゃんの心の中を知りたいから」

8

視野の片隅に黒いものが映りこんだ気がして、濱村冴子は、読みかけの文庫本から目を上げた。目の端にとらえたのは、黒い糸くずのようなものだった。

老眼鏡をはずし、読んでいた文庫本を閉じる。最近、封切りになったミステリー映画の原作本だ。映画を観る前に読んでしまいたかった。

――わたしもとうとう飛蚊症《ひぶんしょう》になったのかしら。

加齢によって眼球の硝子体と呼ばれる部分に濁《にご》りが生じ、蚊が飛んでいるように見えることがあるので、その症状をそう呼ぶと聞いた覚えがある。

ソファの背もたれに身体を預けると、冴子は目をつぶった。六十歳。ここまでに至る道のりは長かったような気もするし、あっというまだった気もする。過去のさまざまな場面が、頭の中のスクリーンに映し出される。学生時代の友人春田文子の顔が浮かんだ。向こうは独身、こちらは既婚者で子持ちと生活環境が違うせいか、結婚以来、年賀状のやり取りだけのつき合いになってしまっているが、年賀状の内容から彼女が定年退職したことは知っている。定年まで勤めあげた友人を、素直に称《たた》えたかった。

――彼女に連絡してみようかしら。

ふと思った。少し前までは、脳裏を不安が占めていて、そんな気にはならなかったのだ。この二十三年間、怖い夢を見続けていた。自分が殺人を依頼された本物の「殺し屋」になって、ターゲットの息の根を止めに部屋に侵入する夢である。繰り返し何度も見た。

だが、事件が解決して、夢を見ることもなくなった。丸岡健次郎を殺害した容疑者が逮捕されたことは、報道で知った。あたれるかぎりの記事をチェックしてみたが、被害者の娘のコメントは探せたものの、妻のそれはついぞ探せなかった。

――あの女性はどうしているのかしら。

思えば、二十三年前の彼女との出会いが好転の兆《きざ》しだった。家業に関する話し合いのため安曇野の実家に帰省し、上京するときに特急あずさの中で隣り合わせた丸岡文子。彼女から「借りた」三百万円のおかげで、横領の発覚も免れたし、実家の工務店は連鎖倒産の危機を脱することができた。その後、家業は盛り返し、父親が他界したあとは、弟が継いで順調な経営を続けている。

好転したのは、冴子の人生も同様だった。大学卒業後、鉄鋼会社で経理事務を担当し、家計を切り詰めながら地味な生活を続けてきただけに、それなりの預金はあった。

その預金を実家のために供出しても、また地道に仕事をしながら貯めていけばいい、と思っていた。ずっと独り身で歩んでいくつもりだった。

ところが、翌年、ひょんなことから現在の夫と知り合った。冴子より五歳上の婚期を逃した大学講師。遅い結婚だから子供は期待していなかったが、幸運なことにすぐに子宝に恵まれ、しかも続けて年子で授かった。

子育てに夢中になっているあいだに夫は准教授へと昇進し、いまは都内の私立大学の工学部の教授で、定年の六十七歳まであと二年を残している。息子たちはともに優秀で、一人は地方の国立大に、もう一人は都内の国立大に通っている。定年退職後、夫婦で世界一周クルーズ旅行をするのを、夫は楽しみにしている。「大型客船の中で、いくらでも好きな本が読めるよ」と言う。

——いまがいちばん幸せかもしれない。

幸せをかみ締めた瞬間、

——本当にそうなの？　あなたは何の罪悪感も抱かないの？

内心の声がどこからか聞こえて、冴子は思わず目を見開いた。二十三年前のあの夜。自分がとった行動を顧みる。殺人を請け負ったつもりはなかった。はなから殺すつもりなどなかった。

けれども、丸岡文子が膝に置いた三百万円は是が非でも必要だった。週が明けて出社するなり、すぐに不正に引き出した分を補塡《ほてん》した。いずれ返すつもりの三百万円だった。だが、いつ返すと明確に約束することができない三百万円でもあった。

――せめて、彼女の夫が一人で眠りについている家へ行き、行動を起こしたふりをしよう。

浅はかにもそう考えた。形だけでも「殺しに行った」と見せかければ、大義名分が立つ。それで許してもらえるのではないか。あとで「行ったけれど、やっぱり、怖くてできなかったんです。お金は貯まり次第、必ずお返しします」と言えばいい。殺すつもりがなくて行ったとはいえ、現場に足を向けたのは事実である。なぜ、そんな大胆な行動がとれたのか。

――わたしの名前は、春田文子。「あやこ」ではなく「ふみこ」。

丸岡文子にそう誤認されていたという事実が、冴子を大胆にさせていたに違いない。数日前に自宅に春田文子がきたときに、彼女が忘れていった健康保険証を、冴子は読みかけの文庫本に挟んでおいた。近々、返すつもりでいた。そして、実際にそうしたのだった。返却してから、早まったことをしたと気づいたが、丸岡文子が本物の春田文子に接触しない可能性に賭けた。

相手に勘違いされているならそれはそれでかまわない。あのときは、ミステリー好きで気まぐれな奥さまと推理ゲームでもやっているような感覚でいた。他人になりすまして気が大きくなっていた。相手もゲーム感覚で、半分おふざけで持ちかけてきた話だと思った。大体、定年退職後に家で好き勝手にしているという理由だけで、本気で夫を殺したいと思う妻などいるはずがないではないか。あの三百万円は、そうした推理ゲームにつき合わせるための資金だったとみなしたかった。

あの夜、鍵を持って午前零時過ぎに丸岡健次郎の家へ行き、手袋をはめた手を玄関のドアノブにかけた。だが、開錠の手ごたえを得た瞬間、総毛だった。これはゲームなどではない、本物の犯罪に足を踏み入れてしまった、と感じた。だから、急いで踵《きびす》を返し、その場から立ち去った。

鍵を開けたまま立ち去ってしまったが、それはそれで問題ないだろう。泥棒が入るわけじゃあるまいし。翌朝、丸岡健次郎が施錠されていない玄関に気づいても、自分のうっかりミスだと思うかもしれない。そんなふうに自分に都合よく推理を組み立てた。

まさか、本当に、未施錠の玄関から何者かが侵入し、丸岡健次郎を殺害するとは思わなかったのだ。結果的に殺人が起きて、丸岡文子の願いは叶えられた形になった。

リスクを避けるため、再会の機会はどちらからも作らずに現在に至っている。丸岡文子から渡された鍵は、とっくに処分した。

――わたしの行動が殺人を誘発したの？

だとしたら、どんな罪に問われるのだろう。いまの幸せな家庭にヒビが入ってしまうのだろうか。夫も子供たちもわたしを信じきっている。大丈夫、発覚してもたいした罪にはならない。いや、だめ、知られてはいけない。平穏な家庭を壊してはいけない。

玄関チャイムが鳴り、心の中で葛藤を続けていた冴子は我に返った。

インターホンのモニター画面に若い女性が映し出されている。

「目白警察署の峰岸《みねぎし》と申します」

と、女性が名乗った。明瞭な発音のきれいな声だった。

警察と聞いて身構えたが、意を決して玄関ドアを開けた。

私服姿の女性警察官。二十代後半くらいだろうか。刑事の聞き込みだとしたら、二人ひと組で来るはずなのに、一人で来るのは妙だ。警戒心を募らせると同時に安堵《あんど》感も覚えた。この女性警察官は、プライベートな用件でやってきたのだ、と直感した。

「濱村冴子さんですね」

峰岸は名前を確認してから、一冊の文庫本を差し出すと、「この本に見覚えはありませんか？」と聞いてきた。

アガサ・クリスティーの『鏡は横にひび割れて』だった。二十三年前のあの日、隣の乗客が持っていた本だ。

「大変遅くなりまして申し訳ありません。お借りしたお金はお返しします」

文庫本に視線をあてて、冴子は言った。

――わたしは、人を殺してはいない。したがって、報酬を受け取る理由はない。

ようやく肩の荷がおりて、冴子は微笑《ほほえ》んだ。

演じる人

1

くっくっと首を突き出しながら、一羽の鳩《はと》が足元に近寄ってきた。石川和重《いしかわかずしげ》は、持っていた菓子パンをちぎり、パンくずを放り投げようとして、手をとめた。話し声のするほうへ視線を向けると、中年女性が二人、顔をしかめながら通り過ぎた。数メートル先で二人同時に振り返り、訝《いぶか》しげに石川を見る。

石川はため息をつくと、「よいしょ」と、かけ声とともに立ち上がった。公園のベンチにいつまでもぼんやりと座っているから不審者扱いされるのだ、と自省した。

「あの人、することのない年金生活者かしら」

「暇《ひま》をもてあましているからって、むやみに鳩にエサなんかやらないでよね」

「そうよね。このあたり、フンだらけになるじゃない」

さっきの女性二人は、おそらくそんな会話を交《か》わしていたのだろう。

だが、真っ向から言い返すことはできない。そのとおりだからだ。石川は、年金生活者であり、暇をもてあましてもいた。

自宅から離れた場所にあるハローワークに顔を出した帰りだった。建物に足を踏み入れたものの、順番を待っているうちに気が変わり、何も申し込まないままにきびすを返した。そして、小腹が空いたからと目についたコンビニで菓子パンを買い、近くの公園でかじっていたところだった。

――もう就活は無理かなあ。

駅に向かいながら、七十二歳という年齢を自覚させられ、石川の中に諦《あきら》めの気持ちが生じた。

空調設備会社を定年退職してから十二年。最初の五年間は、交通安全協会に勤務し、イベントの警備や路上のパーキングメーターの集金や管理業務に携《たずさ》わった。その後は、入札による民間委託《いたく》で業務を引き継いだ警備会社三社を渡り歩いた。

三社目の社長は高齢者雇用に熱心で、「みなさん、何歳まででも好きなだけここで働いてください」と、笑顔で励《はげ》ましてくれていた。ところが、残念なことに契約更新時の入札で敗《やぶ》れ、年度がわりから別の警備会社が業務を引き継ぐこととなった。

前の会社でパーキングメーターの管理業務に従事していた五十数名が新会社の就職試験を受けたが、採用されたのは半数で、七十二歳以上は全員不採用という厳しい結果に終わった。年齢という高い壁には勝てなかったんだよ、と石川は自分を慰《なぐさ》めた。

「シルバーセンターに登録しないか」と、誘ってくれた仲間もいたが、気が進まなかった。シルバーセンターの仕事は地域に密着したものが多い。それだけ隣近所と顔を合わせる機会が多いということだ。

石川は、三年前に妻を病気で亡くしている。

会社員時代、家庭は妻に任せっぱなしで仕事に邁進《まいしん》していた石川は、子供たちの学校の行事はもとより、町内会の雑事などもすべて妻に任せきりにしていた。定年退職後、二人の子供が家を出てからもそれは同じだった。「俺は外で働けるだけ働くぞ」と妻に宣言して、地域活動には一切かかわらずにきた。

したがって、妻を失ったいま、どこにどんな人が住んでいるのかもわからない。いまさら地域の行事に参加するのも気が引ける。

「もう完全に引退しろ、って意味だよ。隠居《いんきょ》生活に入ろうぜ」と、肩を叩いてきた同僚もいたが、これといった趣味もない石川にとって、妻のいないがらんとした家に一日中いるのは寂《さび》しすぎる。

毎日定時に家を出て電車に乗り、夕方まで働いて、定時に仕事場を出て、電車に乗って家路に着く。似たような年代だから気の合う同僚も多く、そういう連中と外に昼飯を食べに出たり、ときには一緒に居酒屋に寄って帰ったりする。隠居生活に入れば、そうしたつき合いもなくなってしまう。

——これからどうしたものか。

年金が入ってくるから、ぜいたくさえ望まなければ、金銭的には心配ない。

今後の生活設計を考えながら、電車に乗り、最寄り駅のひと駅前で降りた。足腰を鍛《きた》えるために、ひと駅分歩く習慣を作っている。

駅前のロータリーを回って、自宅のある方向へ歩き始めたとき、十階建てくらいのマンションの前に人だかりがしているのが見えた。時間に余裕はある。石川は、何だろう、とそちらへ歩いていった。

マンションの前の道路に沿って街路樹がきれいに植えられており、その向こうに白い戸建《こだ》ての街並《まちな》みが広がっている。ひところ「美しい街並みのモデル地区」として評判になったニュータウンだ。片側二車線の道路には、黒いワゴン車が何台か路肩に寄せてとめられている。

「何かありましたか？」

集まった女性たちが一様にニュータウンの方向を見ているので、石川は主婦らしい一人に聞いてみた。

「ロケのようですよ」

「ロケ？　何のですか？」

「この秋始まるテレビドラマですって」

さっきの女性が答えると、

「ほら、いまうわさになっているあの女優が出る恋愛ドラマ」

と、隣にいた顔見知りらしい女性が情報を補《おぎな》い、女優の名前を口にしたが、石川はその女優を知らなかった。若者向けのドラマなのだろう。

「さっきまでそこでやってたけど……」

「もうこっちには来ないわね」

「あっちにおしゃれな喫茶店があるから、そこで撮影するのかも」

興味を失ったのか、ずっとつき合っていられるほど暇じゃない、と言いたげに、二人を含めて何人かの女性たちはマンションに入っていった。

自分は暇だ。たっぷり時間がある。ロケのスタッフらしい何人かがニュータウンへと延びた道路の交通整理をしている光景を見て、石川はマンションの裏手に回った。そこから横道を通っていけば、もっと近くで撮影の様子が見られるだろう。

　ニュータウンの入り口に緑の木々に囲まれた公園がある。そこにも十人ほど人が集まっていたが、さっきとは様子が違った。スーツ姿の男性もいれば、女子学生風の姿もあれば、さっきのような主婦風の女性もいる。明らかに世代の違う人たちの集団だ。公園の入り口に、野球帽をかぶった軽装の青年がいる。撮影スタッフだろうか。通行規制をしているらしく、「ご迷惑をおかけしますが、通り抜けご遠慮願います」と印字された紙を持っている。公園の向こう、レンガ張りの門柱の家の前に機材を持った何人かがいて、風に乗ってざわめきが流れてくる。

　戸建ての家の周辺で撮影をしているのだろう。女優の姿が見えなくて、石川はがっかりしたが、その女優が誰かも知らないのだ。自分のしていることが急にバカバカしくなって戻ろうとすると、さっきのスーツ姿の男性がフェンス越しに見えた。公園の隅にあるトイレに向かうところらしい。

「すみません。テレビ局の方ですか？」

　石川は、反射的に声をかけた。声をかけてから、暇だとずいぶん大胆になるもんだな、と自分の行動にわれながら驚いた。

「違います。エキストラですよ」

と、スーツ姿の男性も気さくに答えてくれた。

「エキストラ……って?」

耳にしたことはあるが、何をする人なのかはよくわからない。

「ドラマで通行人とか観客とか、主役の背景でカメラに映る人がいるでしょう? それですよ」

「あなたは何を?」

「さっき、あっちで通行人をやったけど、いまは喫茶店待ちで。あっ、すみません。急いでいるんで」

エキストラだというスーツ姿の男性は、ズボンの前に手をあてながらトイレに駆け込んだ。

2

「お父さん、珍しいじゃないの。そんな若者向けのドラマなんか観《み》て」

娘が入ってきても振り返らず、テレビ画面に見入っている父親に、佳代子《かよこ》は呆《あき》れた声を出した。

「ちょっと人探しをしているんだ」

石川は、肝心《かんじん》の場面が現れたらすぐに停止させられるようにとリモコンを片手に、画面から目を離さずに言った。

「何よ、雨宮春菜《あめみやはるな》にはまっちゃったの？　わざわざ録画までして」

「雨宮春菜って、誰だ？」

「主役の女の子じゃないの」

スーパーで買ってきた食材を冷蔵庫に入れながら、佳代子は呆れた口調のままで切り返した。

佳代子は、石川の妻が亡くなってから、料理下手な父親を案じて、用事のない週末は料理を作りに都内から川口市の実家まで通っている。煮物やハンバーグやシチューなどを作り、冷凍できるものは小分けにして冷凍庫にしまい、父親が解凍して食べられる状態に作り置きして帰るのだ。

「仕事が見つからないからって、家にばかりいないで、外に出てみたら？」

「外に出て、公園でひと息ついていただけで、おばさん連中に迷惑そうな顔をされた」

「鳩にエサでもあげていたからじゃない？」

答えないでいると、

「図星《ずぼし》でしょう？」

佳代子は笑って、「やれやれ」と、大げさにため息をついた。

「おまえも無理して通ってこなくていいぞ。いまはコンビニで弁当が買えるんだから」

画面から目を離さずに、父親を子供扱いする娘に憤慨《ふんがい》して言い返す。

「それじゃ、栄養が偏《かたよ》ると思ってね。大丈夫よ、無理なんかしてないから。いまはまだ時間に余裕があるの。来年になったら、忙しくなるかもしれないけどね」

冷凍庫をチェックしながら、佳代子はせかせかと言う。早口のところが亡き妻にそっくりだな、と石川は改めて思った。佳代子の夫は私鉄に勤務しており、二人いる息子は大学生と高校生だ。来年、次男が三年生になるから、受験生の母親として忙しくなると言いたいのだろう。佳代子自身も週に三日は近所にパートに出ている。口うるさい娘だが、結婚後は妻の実家ばかりに顔を出して、足が遠のいている息子よりはましだろう、と石川は内心では感謝している。

「お父さん、炒飯《チャーハン》を食べ忘れているじゃないの。せっかく冷凍したんだから、解凍してちゃんと食べてよ」

　佳代子が冷凍炒飯の入った密閉袋を父親の前で振ったとき、

「あっ、いた。こいつだ」

と、石川は声を上げ、画面を停止させた。

　公園のトイレに駆け込んだスーツ姿の男だった。アタッシェケースを持って、住宅街をあのときのスーツ姿で歩いている。じっくり見てから、画面をスタートさせる。巻き戻して画面をストップさせ、ふたたびその男を確認し、またスタートさせる。そんな動作を五回繰り返したあと、「何だ、ほんの五秒のシーンじゃないか」と、石川はかぶりを振りながら言った。

「どうしたの？　誰なの？」

　興味を持ったのか、密閉袋を持ったまま佳代子が隣に座る。

「おまえ、エキストラって知ってるか？」

「ドラマで通行人なんかをする人でしょう？」

「こいつがそうなんだ。このあいだ、公園で会った」

　石川は、先月、隣町でテレビドラマの撮影をしていたことを話した。

「へーえ、あのニュータウンのあたり、ロケによく使われるとは聞いていたけど、やっぱりそうなのね。でも、あそこって、こんなにきれいな街並みだったかな。何だか光り輝いて見える」

佳代子の関心は、人間よりも街並みに向いている。

「たった五秒テレビに映るだけで、あんなに長い時間待機しているとはな」

「ああ、ドラマって待ち時間が長いみたいよ。トーク番組で役者さんたちが話していたわ。自分の出番以外はずっと待っているんですって。俳優でも待たされるんだから、エキストラだって待たされるでしょう」

「だけど、俳優はセリフもあるし、出番も多いだろう。エキストラは、ひとこともしゃべらずに、ちょっと顔を出すだけだ」

「それでも出たいのよ」

「どうして？」

「あこがれの俳優をじかに見るチャンスだし、好きな俳優と同じドラマに出ているっていう喜びも得られるでしょう？　業界自体に興味のある人は、単純に撮影現場を見て勉強したいのかもしれないし」

「そんなもんなのか。で、金にはなるのか？」

「ギャラのこと？　それはいろいろだと思うけど。ちょっと調べてみようか」

佳代子は、いま気づいたように炒飯の入った密閉袋を冷凍庫に戻すと、その場で自分のスマホをいじり始めた。しばらく指を動かしてから、「ああ、交通費が出るところもあれば、出ないところもあるわね。時給制じゃなくて、拘束時間にかかわらず、一日いくらって支給する事務所が多いみたい」と報告した。

「エキストラの事務所があるのか」

「たくさんあるわ。……えっ、もしかして、お父さんも興味を持ったの？」

「報酬《ほうしゅう》を得られて仕事になるのなら、ただぼんやりと公園のベンチに座っているよりはいいだろう」

「そうか。お父さんって、仕事人間だったものね。『俺の辞書に定年の二文字はない』なんて言って、まるで仕事が趣味みたいにバリバリ働いていたよね。それで、お母さんもずいぶん苦労した……って、いまさら言っても仕方ないけど」

と、佳代子は少し寂しげな目をしたが、すぐに目を吊《つ》り上げた。「お父さん、演技なんてできるの？」

「バカにするな。小学校時代、『ごんぎつね』のおじいさん役をやって、先生に褒《ほ》められたことだってあるんだぞ」

「ああ、そうね。確かに、お父さんは声が大きいし、背が高くて姿勢もいいから、舞台映えするかもね。年齢よりは若く見えるよ」

うんうんと軽くうなずくと、「暇つぶしにはいいかも。どこかの事務所に登録してみれば？」と、佳代子は父親の背中を押した。

3

年齢で蹴《け》られることもなく、佳代子が適当に選んでくれたエキストラ事務所にはすんなりと登録できた。そして、すんなりと仕事も回ってきた。

最初は、映画の通行人役だった。若者に人気のある二十代前半の男女が共演する恋愛映画で、石川はその二人をテレビで見たことはあったが、名前は知らなかった。なぜか、その恋仲の二人が、高齢者に人気の街として知られる巣鴨《すがも》の商店街をデートするという。

撮影はとげぬき地蔵に近い商店街の一角で行われた。とくに「おばあちゃん」に人気の街ということで、エキストラには高齢の女性が数多く集められたが、「おじいちゃん」も必要になったわけだ。

現場にはエキストラをまとめるスタッフがいて、アシスタント・ディレクターを略して「ＡＤさん」と呼ばれていた。そのＡＤさんは、「はい、その方とその方、こちらに立ってください」「あなたはあちらから歩いてきてください」などと、てきぱきと指示を出していた。石川は、目立つようにと前に進み出ていたが、なぜか「あとの方々は、距離を置いて続いてください」と、その他大勢にカウントされて、個人的な指示は出してもらえなかった。

「いつもこんな感じなんですか？」

休憩《きゅうけい》で配られた弁当を受け取りに行き、隣にいた佳代子より五つ、六つ年上に見える女性に聞くと、

「適当に選んでいるようで、ちゃんと適性を見ているんですよ」

と言われた。肩で切り揃《そろ》えたヘアスタイルの地味な印象を受ける女性である。

「適性……ですか？」

「巣鴨らしさを出すために、腰の曲がった老人がほしかったんじゃないですか？　だから、先頭集団はそういう老人でかためたわけで。ええっと……そちらは、背筋もしゃんと伸びておられるから、まだおじいさんという雰囲気《ふんいき》には早いと思われたのかもしれません」

「石川です」

彼女が呼び方に迷ったのを察知して名乗ると、

「牧野《まきの》です」

と、五十歳前後と思われる女性も名乗った。

石川と牧野は、神社の境内《けいだい》に用意された椅子に隣り合って座り、弁当を食べながら会話を続けた。

「牧野さんは、エキストラ歴は長いんですか？」

「半年になります」

「やっぱり、演劇がお好きで？」

左手薬指に結婚指輪らしきものがないのを見て取ったが、プライベートな質問はできない。無難な質問から始めた。

「とりたてて好きというわけじゃ……。空いた時間に少しでも何かできないかなと思って。ドラマを観るのは好きですしね」

「わたしは、この春で仕事を失いましてね。もっと続けたかったのに、クビになったような形です。何かしていないと身体《からだ》がなまっちゃいそうなんで、とりあえずエキストラに応募した次第で」

自分の身の上を語れば、相手の気持ちもほぐれるだろう。

「仕事を失ったのは、わたしも同じです」

思ったとおり、牧野の口が滑《なめ》らかになった。「ずっと食品加工会社に勤めていたんですけど、母の介護が始まって休みがちになって、職場に迷惑をかけられなくて、結局、辞めざるをえなくなりました」

「牧野さん以外にお母さんを看《み》る人はおられないんですか？」

「兄がいますが、いまは福岡で仕事をしているので、頼ることはできないんです。父は一昨年亡くなっていますし」

「そうですか。それは大変ですね」

「だから、こういう時間が息抜きみたいなものです。ヘルパーさんがきてくれているあいだが。昼は頼めても、夜はわたし一人で母を看ているような状態ですから」

「そうなんですか」

彼女に比べたら、介護する家族のいない自分は幸せだ。石川は、それ以上彼女を励ます言葉を見つけられなかった。

「新顔ですなあ」

そこへ、石川と同世代くらいの小柄な男が割って入った。弁当の空き箱を回収袋に捨てにきた男だった。

「ああ、横山《よこやま》さん、こんにちは」

と、顔見知りらしく牧野がにこやかに挨拶《あいさつ》する。

「そちらの方は、エキストラははじめてですか？」

「ええ、はい」

先輩から向けられた質問に、石川は答えた。

「わたしは、これから次の現場へ。シリーズのロケが入ってましてね」

ほら、刑事ドラマの、と続けて横山が口にしたタイトルは、石川でもよく知っているもう十年以上も続いているシリーズものだった。

「あなたも定年退職後の趣味、ですか？」

「のようなものです」

「じゃあ、同じですね。わたしは、五年前まで医療機器の会社を経営してましてね。会社を息子に譲《ゆず》って、隠居生活に入りましたが、ゴルフをやったり、海外旅行したりするだけの毎日はつまらない。で、こうして、エキストラの世界に飛び込んだわけで。いやあ、おもしろいものですな。社長の肩書きも何も関係ない。名もない通行人もホームレスも演じられる。いまになると、社長を演じていただけのように思えますよ。人生そのものが演技をする舞台です。そう思いませんか？」

「はあ、まあ」

会社の社長という彼の前歴に気後れして、石川はうなずいた。

「信じちゃいけませんよ」

その横山が立ち去ると、牧野が小声でささやいた。「さっきのは全部うそですからね」

「うそ？」

石川が頓狂な声を上げると、牧野は言葉を重ねた。

「あの横山さん、元社長なんかじゃないですよ。よく顔を合わせる人たちはみんな知ってます。元社長というのも彼の演技なんです。いつだったか、横山さんがぼろアパートに入っていくのを見た人がいて、大家さんに家賃を催促《さいそく》されていたそうです」

「へーえ、そうなんですか」

あんなふうにすらすらうそをつけるとは……。石川は、背筋に悪寒《おかん》を覚えた。

「だけど、横山さんの気持ちもわかる気がするんです。人生そのものが演技をする舞台、というのは名言だと思います。人はそれぞれ、何かしらの役割を演じていますから。わたしは、母にとってのよき娘。石川さんは……何でしょう？　とにかく、こうして通行人なり観客なり、役を与えられて演じるのは、刺激にもなって楽しいです。

その瞬間だけでも、自分を忘れて役になりきれますから。別人になれて、ストレス解消になります。違いますか？」

4

映画やテレビドラマの通行人、裁判の傍聴人《ぼうちょうにん》、体育館でのママさんバレーの試合の観客、野外コンサートの観衆、バラエティー番組の観覧、とエキストラの仕事は途《と》切《ぎ》れなく入ってきた。基本的に衣装は自前で、内容に合わせて選んで着用する。ただし時代劇の場合はあちらで用意してくれるので、コスプレ気分が味わえて楽しい。横浜や秩父《ちちぶ》でのロケなどにも出向いたので、交通費を考えたら赤字になるときもあったが、観光気分も味わえてこちらもそれなりに楽しかった。

演じるだけで満足してしまうのか、初回こそテレビにちらりと映る自分の姿を胸を高鳴らせながら確認したものの、すぐに興味が薄れてしまった。

牧野とはその後、顔を合わせることはなかった。エキストラは複数の事務所から派遣されてくるというから、あの日たまたま一緒になっただけなのだろう。横山の姿は一度、集合したエキストラの中に認めたが、牧野から彼の素性を聞かされていたので、何だか痛々しくなり、目が合わないうちにと石川のほうから遠ざかった。

エキストラ生活も四か月を過ぎ、仕事にも慣れて、何か目新しいことはないかな、と変化を求めていたころだった。

民放テレビ局の開局記念ドラマのロケで、集合場所として、都内にある撮影所を指定された。エキストラにまで撮影台本が配られるわけではないから、ドラマの内容はよくわからなかったが、募集要項の記載から、殺人事件が起きたり、遺体が発見されたりする場面が含まれていることはわかった。

撮影所の中にレストランのセットが作られていて、石川を含むエキストラは、レストランの客を演じるために集められたのだった。客たちが食事をしているところに、主人公の刑事が逃亡犯を追って入ってくるという場面らしい。

フレンチレストランという設定の店内には、豪華な調度品やワインセラーが設置されていて、天井から吊り下がったシャンデリアに撮影用の強い照明があたって、まぶしさに目を細めるほどだった。

「おいしい料理を食べられるなんて、嬉《うれ》しいわ」

と、石川と組むことになった妻役の六十代くらいの女性は、撮影前から興奮していた。

しかし、隣のテーブルに置かれたのは肉料理だというのに、石川たちのテーブルに用意されたのは、生ハムが中心の前菜で、ワイングラスに注がれたのも、赤ワインに見立てた着色された水だった。「料理は食べるまねをするだけで、ナイフとフォークを持って小声で談笑してください」という指示にしたがって、監督のカットの声がかかるたびに、同じ動作を繰り返させられているうちに、生ハムも乾ききってしまった。

撮り終えた瞬間、石川の妻役の女性は、「こんなに時間がかかるなんて。もうお腹《なか》がすいちゃったわ」と顔をしかめると、さっさと帰ってしまった。中途半端な時間帯で、エキストラに弁当は配給されない。

どこかの居酒屋に寄って帰ろうか、と石川も帰りじたくを始めたときだった。

「ええっと、すみません。あなたはお忙しいですか?」

と、台本を持った男性スタッフに声をかけられた。

「あ、いえ、とくに急いではいませんが」

そう答えると、驚いたことに演出にあたっていた男性と、さっきまでカットの声をかけていた監督まで石川のそばにやってきた。

「どうでしょう?」「いいんじゃないの?」「背格好がちょうどいいし」「どうせ顔は映さないから」などと、三人で小声で話し合っている。

「あの、エキストラさん、いや……お名前は？」

演出家の男性にはじめて名前を問われて、石川は面食《めんく》らった。が、はっきりと「石川和重です」と、フルネームを名乗った。

「ああ、石川さん。ちょっと死体をやってくれませんかね」

「えっ？」

「死体役の役者さんが体調を崩してしまって。セリフはありません。ですが、着替えていただくことになりますし、メイクも少しばかり」

「承知しました」

身体を硬直させた石川は、大きな声で返事をした。

5

仏壇に向かって、石川は手を合わせていた。

――浪子《なみこ》、おまえのおかげだよ。

石川は心の中でつぶやくと、目を開けて妻の遺影を見た。まだ高揚《こうよう》した気分が続いている。「名演技でしたね」という監督のひとことが忘れられない。死体役の俳優が体調を崩して、急遽《きゅうきょ》代役を務めさせられた石川は、臨死体験とも呼べる体験をしたのだった。

ロケ現場は、撮影所に隣接した空き地だった。そこに案内される前に、石川ははじめて鏡のある個室に入り、用意されていた衣装──警備員の制服に着替え、「ヘアメイクさん」と呼ばれる人に髪をセットしてもらい、顔に白っぽいファンデーションを塗《ぬ》ってもらった。

ブルーシートで囲まれた現場に立つと、「すみませんが、ここにこうして横たわってください。こんな感じで」と、演出家からていねいな言葉と細かい身振り手振りでの指示があった。

「あの、わたしの役は、死んだ人ということでいいんですよね？」

「ええ、そうです。背後からピストルで撃たれた警備員の設定です。申し訳ありませんが、長時間この格好でいてもらうことになります」

石川はためらわずに、指示どおりの格好で土砂の上に横たわった。顔があたる部分と身体で隠れる部分には土色の柔らかいシートが敷かれていたが、冷たくてごわごわした土砂の感触は伝わってくる。

そのうち、意識が薄れてきた。最初は、夢を見ているのかと思った。

靄《もや》がかかった中に、土砂の上にうつぶせに横たわった自分の死体を見下ろしている自分がいた。視界が開けてくると、目の前にお花畑が広がっているのがわかった。赤やピンクや黄色。色とりどりの花が咲いている。その向こうを川が流れていて、川には橋がかかっている。橋を渡り終えたところに誰か立っている。石川は、その橋の前まで歩いていった。橋の先に立っていたのは、三年前に死んだ妻の浪子だった。石川が空調設備会社に勤務していた時代、いまの佳代子の年齢くらいのときの妻だ。休日出勤や出張続きで休みもろくにとれず、とれてもゴルフなどのつき合いに費《つい》やしていた石川だったが、子供が二人とも社会人になったのを機に、奇跡的にとれた休暇を利用して夫婦で草津温泉に行った。浪子ははりきって、旅行のためにいちばん好きだという黄色のワンピースを着た。それは似合ってはいたが、気のきいた褒め言葉が思いつかず、「タンポポみたいだな」という感想しか口にできなかったのを、石川は悔《く》やんでいる。

お花畑の中に黄色い蝶《ちょうちょ》々が舞っているようだった。

「浪子」と呼ぶと、「お父さん、こっちにきちゃだめ。だめだからね」と、浪子は早口で言い、バイバイの形に手を振った。

次の瞬間、妻の姿が消えた。

背中を誰かに叩かれて、石川は目を覚ました。

「名演技でしたね。本当に死んでいるようでしたよ」

撮影のあいだはカメラのそばにいるはずの監督が、傍《かたわ》らにしゃがみこんで言った。

「眠っていたんじゃないでしょうか」

照れくささを覚えながら身体を起こした石川に、

「いやあ、眠ったらわかりますよ。軽いいびきをかいたり、呼吸で背中が揺れたりしますからね。あなたは微動《びどう》だにしなかった。まさに名演技です」

と、隣で演出を担当していた男性も言葉を続けた。

週末、いつものように作り置き料理のために帰省した佳代子にその話をすると、

「死体役を褒められるなんて、複雑な気分よね」

と受けたあと、佳代子はしんみりとした表情になって、珍しくちゃかしたりはせずに父親を励ました。「でも、そんな形でお母さんに再会できたんだから、お父さん、エキストラをやってよかったね。もしかしたら、演じる仕事がお父さんの性分には合っているのかもしれない。お母さんも応援しているのよ」

「俺もそう思うよ」

と、石川も娘の言葉を素直に受け止めた。「セリフはなかったが、いちおう、俳優

がやる予定の仕事だったから、ギャラもだいぶ弾《はず》んでくれた。メイクも落としてくれて、撮影所のシャワーも貸してくれた。弁当もみやげに持たせてくれてね」

「へーえ、VIP対応で、本物の俳優じゃないの」

「そうだよ。本物の俳優だよ」

石川はその言葉を繰り返して、牧野が名言だと称した横山のセリフを重ねた。「人生そのものが演技をする舞台、ってわけだ」

「へーえ、いいセリフね」

佳代子も感心したようにうなずき、「人はみんな、何かしらの役柄を演じているものね」と、牧野と似たようなことを感慨深げに言い添えると、こう言い募った。「わたしも哲郎《てつろう》さんの前では妻の顔になったり、子供たちの前では母親の顔になったりと、役を演じ分けている気分になるときがあるわ。とくに、哲郎さんのお母さんの前では、よき嫁《よめ》を演じなくちゃいけないというプレッシャーに押し潰されそうになったりしてね。でも、まあ、あの子たちが小さいときよりはずいぶんましになったけど」

「そうか。おまえもそんなふうに役割を演じていたのか」

「お父さんだってそうよ」

即座に切り返して、佳代子は笑った。「お母さんが生きていたときは一家の大黒柱である夫を演じていて、わたしたちを育てていたときは威厳《いげん》のある父親を演じていて、現役会社員時代は猛烈《もうれつ》な企業戦士を演じていた。ねっ、そうでしょう？」

「ああ……そうか」

なるほど、と石川は膝を打った。妻が死んで夫の顔を持つ必要がなくなり、子供たちも巣立って父親を演じる必要もなくなり、長い会社員生活にピリオドを打って、すべての役割から解き放たれたわけだ。

「じゃあ、これからが本番なのか」

「そうよ、お父さん。これからは、どんな役でも演じられるのよ。好きな役を好きなだけ演じていいのよ」

娘にふたたび背中を押されて、石川は意気込んだ。

6

死体を「熱演」した実績が買われたのだろうか、事務所から「通販のＣＭに出てほしいという依頼がきている」と連絡があり、石川は小躍《こおど》りして喜んだ。

指定された撮影現場は、通販会社が入ったビルの一室だった。地方に本社を置く製薬会社の健康補助食品――サプリメントのコマーシャルで、テレビを通じての全国販売にも力を入れることになったという。ただし、秋から冬にかけて流すBSチャンネルの通販専用時間帯での放映という話だった。

「撮影までの一週間飲んでみてください」と、サンプルのサプリメントが自宅に送られてきて、石川は朝晩三粒ずつ毎日飲んだ。膝の関節痛などに効果的なグルコサミンを含む加工食品だというが、もともと膝痛に悩まされてもいない石川には、効き目があるのか否かわからなかった。

――階段を上がる途中で片膝に痛みが生じ、顔をしかめてその膝を押さえながらかがむ。

――階段を軽快に上り下りする。

「演技」として要求されたのは、その二つだった。二つの場面のあいだに、商品である サプリメントの摂取《せっしゅ》が必須条件として挿入《そうにゅう》されるわけだ。

石川の動きに合わせて、「膝の痛みがいつのまにか気にならなくなります。急な階段も息切れせずに駆け上がれるようになります」と、女性の声でナレーションが入るという。

セリフがないのが残念な気がしたが、石川が「主演」のCMには違いない。実年齢より上の設定の「七十五歳の後期高齢者」に見えるように、ヘアメイクさんが髪型やメイクに工夫を施《ほどこ》してくれたし、本番用の衣装である白と青の縞模様のパジャマに茶色い半纏《はんてん》に着替えた上でのリハーサルも行われた。

そして、本番は一発でＯＫをもらった。

「石川さん、お疲れさまでした」

「なかなかよかったですよ」

「この商品、石川さんのおかげで売れそうです」

撮影スタッフから労《ねぎら》われたり、褒められたりして、悪い気はしなかった。

けれども、やはり、セリフなしの演技というのは物足りない。

――いつかセリフのある役をやってみたいな。

そんな夢を抱《いだ》きつつも、回ってくるのはやはり、セリフのない通行人や観客の役ばかりだった。

そういう生活が二か月続いたある日、ついにチャンスは巡ってきた。

7

「すごいだろ？　ちゃんと台本をもらったんだからな」

石川は、仏壇に供えてあった冊子を手に取ると、佳代子に見せた。表紙にはドラマのタイトルが印刷され、下のほうに「撮影台本」とはっきり印字されている。現代ドラマと時代劇の両方で代表作を持つ、六十代半ばの人気俳優八木宗太郎《やぎそうたろう》が主演のスペシャルドラマだ。

「へーえ、これがそうなの」

と、佳代子の目も好奇な光であふれた。ページを最後までめくってからもとに戻り、最初のほうのページに書き込みを見つけて、目を見開いた。

「あっただろう？　その『元刑事A』が俺の役だ」

そこに赤いサインペンで丸印をつけてある。

「セリフって、『よお、久しぶり』のひとことじゃないの」

「ひとことだろうと、セリフはセリフだよ」

そこにも赤い線を引いてある。

佳代子は、撮影台本を石川に返すと、「でも、これだけのためにわたしを呼び出すなんて」と、眉根《まゆね》を寄せて困惑したような顔をした。

「芝居の稽古《けいこ》の相手となったら、おまえしか思いつかなかったんだ」

「昔の仕事仲間に声をかければいいじゃない」

「ドラマの放映日がわかってから、いっせいに知らせて驚かしてやるつもりなんだ」

「本当かしら。もう何本もエキストラで出ているのに、何の反応もないからおもしろくないんでしょう?」

「まあ、そうね」

反論したいが、娘の指摘も決して的はずれなものではない。いくらドラマに通行人役で出たとしても、ほんの数秒画面に映るだけだから、老眼が進んだ昔の仲間はドラマを観たとしても気づかないのだろう。それ以前に、ドラマの始まる時間帯にはもう就寝してしまう年齢に達しているのかもしれない。

死体役で出たドラマもこの秋に放映されたが、顔が映らなかったのだから死体役が石川だと見破ることができた者などいるはずはないし、代役だからテロップに名前は流れない。

「主演」として出演した通販のコマーシャルは、先週からBSの某局で流れ始めた。

だが、まだ誰も何も言ってこない。

「仕事をしていたときはそれが日常だと思っていた人たちも、引退して隠居生活に入ってしまえば、案外、その生活が快適になって、そこで楽しみを見つけて、それが日常になってしまうのかもね。お父さんがエキストラの仕事を生きがいとしているように、ゲートボールや図書館通いが生きがいの人だっているんじゃないかしら」

「何だ、前に言っていたことと違うじゃないか。お母さんも応援しているとか、好きな役を好きなだけ演じていい、なんて言っていたくせに」

「いまだってそう思っているわよ。人を巻き込まない範囲でやってくれればね」

佳代子はため息をついてから、話を続けた。「わたし、来週から忙しくなりそうなの。下の子の三者面談が始まるから、もうあんまり通ってこられなくなるかも」

「だから、心配しなくていい、って言ってるじゃないか」

石川もため息で応じて、「それより、芝居の相手をしてくれ」と、台本を手に娘と向かい合って立った。そして、発声練習をひととおりすると、「まず」と言って台本をめくりながら、佳代子にドラマのあらすじを説明し始めた。

「わかった。要するに、お父さんの出番は、警察OBが集まる同窓会に主人公の八木宗太郎が現れるシーンなのね。そこで、お父さん扮《ふん》する先輩格の元刑事Aが、『よお、久しぶり』って八木宗太郎に声をかける」

石川の説明を途中で遮って、佳代子がせかせかした口調でまとめた。

「まあ、そういうことだ」

「じゃあ、わたしはその前のセリフを言うね」

佳代子が息を吸い込んだところを、

「おい、待て」

と、今度は石川が遮った。「役作りってものがある」

「役作り?」

「だって、そうだろう。元刑事なんだから、現職を退いてもどこかに警察官の風格を漂わせておかないといけない。鋭い眼光とか、昔柔道で鍛えた身体とか、腹から絞り出す太い声とか、きびきびした動作とかな。元刑事Aの人物像をしっかり作って、彼の成育歴まで考えて演じないと、完璧な演技はできないってことだよ」

「お父さん、それはいくら何でもやりすぎじゃ……」

佳代子は、言葉を切って首をすくめると、「わかった。今日だけじっくりつき合ってあげる」と、覚悟を決めたように言った。

8

——こんなうまい酒は飲んだことがないな。

石川は、カウンターで燗《かん》をつけた日本酒を味わいながら、一時間ほど前に終わった撮影の様子を思い起こしていた。撮影自体は場所を変えてまだ続くという話だったが、撮影所の一角に設《もう》けられたセットで行われた「警察ＯＢが集《つど》う同窓会」の場面は、無事撮り終えた。達成感に満たされて、目についた居酒屋に入り、一人きりの祝杯を挙《あ》げることにしたのだった。

石川は撮影を通して、たったひとことのセリフでも、タイミングよく、自然に、相手に語りかけるのがいかにむずかしいかを悟った。しかも、語りかける相手は、人気俳優の八木宗太郎なのである。緊張のあまり、一回目は声がうわずって、ＮＧを出してしまった。二回目は「早い」と監督に注意され、三回目でようやくＯＫがもらえた。「すみません」と、石川が頭を深々と下げたら、「大丈夫ですよ。最初はみんなそうです」と、八木宗太郎は笑顔で受け流してくれた。その寛容《かんよう》で謙虚《けんきょ》な姿勢に、改めて大物ぶりを実感したのだった。

――あそこまで上りつめるにはどれほどの苦労があったことか。

自分の出番が終わったあと、しばらく八木宗太郎の演技を観察していたが、役を演ずるというより、役になりきっている、と思わされた。

――俺はまだまだ修業不足だな。

エキストラから役者へと昇格するには、もっと場数を踏まなければいけないし、もっと芝居を勉強しなくてはいけない。そして、もっと役そのものに入り込まないと……。

そう考えながら杯を重ねているうちに、少し飲みすぎたようだ。勘定をしてもらって、表に出ると、足元がちょっとふらついた。JRの駅まで歩いて十五分くらいあるだろうか。酔い醒《ざ》ましにはちょうどいい。夜の十時を回っているが、まだ人通りはある。

鼻唄《はなうた》を歌いながら五分ほど歩いたとき、スナックが建ち並ぶ路地裏から怒声が飛んできた。こわごわと路地をのぞきこみながらも、通行人はそのまま通り過ぎていく。

石川は、気になって足をとめた。路地の中ほど、紫色の看板の店先で学生風の若い男が三人組の男たちに取り囲まれている。店の中で何かトラブルになって、因縁《いんねん》をつけられたのか。三人組の一人が若い男の首根っこをつかんだ。一対三。勝ち目はない。

——このまま行き過ぎようか。

それとも、警察を呼ぶべきか。石川は一瞬迷ったが、頭に浮かんだ「警察」というキーワードに胸を強く打たれたようになって、足が地面に張りついた。

——そうだ、おまえは元刑事。しかも、捜査一課の強行犯の刑事だったじゃないか。見過ごしていいのか。

酔いの残る頭ではあったが、元刑事Aを演じるに際して自分で綿密に作り上げた経歴を、石川は鮮やかに思い出した。父親もまた警察官で、交番勤務中に駆けつけた民家で強盗犯と格闘して、胸を刃物で刺されて殉職した。父親の遺志を継いで警察官になった彼は、まるで父親の仇《かたき》をとるように仕事に没頭し、数々の業績をあげて念願の刑事となった。仕事ひと筋だった彼は、定年退職後も地域の治安を守るべく交通安全協会の仕事をボランティアで続けている。理解のある妻に恵まれて、家庭はつねに安定している。三人の子供たちもそれぞれ家庭を持ち、彼には孫が七人いる。きまじめで、正義感が強く、不正を嫌う……。それが、石川が描いた「元刑事A」像だった。

「おい、君たち」

と、石川は、腹に力を入れて大きな声を出した。

「何だよ」

若い男の首根っこを押さえていた男がこちらに顔を振り向け、ほかの二人も怪訝《けげん》な表情でこちらを見た。三人とも二十代くらいか。

「弱い者いじめはやめなさい」

口から飛び出たその声が、八木宗太郎の声のように石川には感じられた。力があり、艶《つや》があり、伸びがある。

「弱い者いじめだって？」

「どういう状況かも知らないくせに」

「何だよ、このじじい」

三人組が肩をいからせてこちらに向かってきた。その隙に、学生風の男は路地の向こうへ逃げていった。

「じじいとは何だ」

と、石川は注意した。「言葉遣いに気をつけなさい」

「何様のつもりだ？」

三人の中でリーダー格なのだろう、学生風の男の首根っこをつかんでいた男が、石川に腕を伸ばしてきた。

「俺を誰だと思っているんだ」

石川は、胸を張っていちばん言いたかったセリフを吐き出した。そうだ、俺を誰だと思っているんだ。定年退職して久しいとはいえ、俺は元刑事だぞ。この柔道で鍛えた肉体は、七十を超えたって健在なんだ。おまえら若い連中にまだまだ負けるもんか。

――この腕をつかんで、こう捻《ひね》り返して……。

しかし、頭の中でイメージしたとおりには、身体が動いてくれなかった。

次の瞬間、石川は男に腕を捩《ね》じ上げられて、腹には蹴りを入れられていた。

9

水仕事のために荒れてがさがさした手の甲を見つめてから、牧野良子《りょうこ》は家に入った。女性の介護ヘルパーと引き継ぎを行ったあと、「お母さん」と声をかけながら、介護用ベッドが置かれた寝室に入った。

「ああ……お帰りなさい」

と、牧野瑞江《みずえ》が良子に声をかけた。

「お母さん、具合はどう?」

「ああ、だいぶいいよ」

とは答えたが、さほどよくないのは心得ている。

八十二歳の瑞江は、二年前に夫を亡くした直後から両手足の関節リウマチが悪化して、車椅子生活になった。それからは、家の中でほぼ寝たきりの生活を続けている。通いの介護ヘルパーの手を借りながら、食事の世話や排泄《はいせつ》の世話など、娘の良子がすべて担《にな》っている。仕事との両立がむずかしくなったため、母親の介護に専念するために、一年前に食品加工会社を辞めた。遠く福岡で仕事をしている兄は、盆暮《ぼんく》れくらいしか帰省できないが、「おまえにばかり負担をかけてすまない」と言い、給料から定期的に生活費を送ってくれている。

花が好きな母親のために買ってきた薔薇《ばら》を、枕元のテーブルに飾り終えると、

「ああ、そうか。今日は、洋子《ようこ》がきてくれたんだね」

と、瑞江は良子の左手の甲を見て言った。

「そうよ。お母さん、安心してね」

良子は、指の関節がおかしな形に曲がり、肉が落ちてやせ細った瑞江の手を自分の両手に包み込んで言った。

——わたしは、今日は、良子ではなくて洋子。

そう自分の胸に言い聞かせながら。

あれは、介護生活が始まって数か月たったころだった。

目を覚ました瑞江が、良子を見て「洋子」と呼んだ。一瞬、頭が真っ白になり、顔がこわばったが、〈お母さんは呼び間違えたのだ〉と思うことにした。良子には洋子という名前の二つ違いの姉がいたが、小学生時代に病気で亡くなっていた。幼いころの洋子の夢でも見て、目覚めた直後に、妹の良子を「成長した洋子」と錯覚したのかもしれない。良子が「ああ、そう、洋子よ。お母さん、元気？」と、洋子のふりをし続けていると、その日はずっと、瑞江は良子を「洋子」と呼び続けていた。

──お母さん、認知症が始まったのかしら。

寝たきりの生活が続くと、筋力や知力の衰えが進み、認知症を発症する確率も上がるという。不安に駆られて自分の手の甲を見た良子は、ハッと気づいた。左手の甲にペンで突《つっ》いた傷跡があった。治りかけのそれが黒いほくろのように見えたのだろう。亡くなった洋子の左手の甲にも目立つほくろがあったからだ。

──お母さんの頭の中では、洋子という娘は生きているんだわ。

認知症が進行したのかもしれないが、それならそれでいい、愛《いと》しい母のために姉を演じてあげようではないか、と良子は心に決めた。

架空の姉の家庭を作り、姉を演じる日は、あらかじめ左手の甲に黒いサインペンでほくろを描いておいた。そして、姉が顔を出す日は、妹の良子は仕事に出る日とした。

母を喜ばせるための演技だから、罪悪感は生じない。この世にいない姉を演じているうちに、演じること自体が楽しくなり、バイト代を稼《かせ》ぐためにもエキストラの仕事を始めた。それが気分転換になって楽しいのだ。ずっと独身で通してきた良子だが、ドラマの中では主婦役を演じることだってできる。

——人生そのものが演技をする舞台。

エキストラの仕事で顔見知りになった横山の言葉は、やはり名言だと良子は思う。

ふと、昨日見た新聞記事が脳裏に引っかかった。良子もよく知っている撮影所の近くで、七十二歳の男が若者たちに暴力を振るわれ、外壁に頭を打ちつけて大怪我を負ったという。その男は若者たちのケンカの仲裁に入って、逆襲されたらしいが、彼の名前が「石川和重」とあったのが気になった。石川という姓には聞き覚えがある。巣鴨のロケ現場で出会った男性も石川ではなかったか。年齢もそのくらいだったように思う。

——違うわよね。あの人、そんな無謀な人には見えなかったもの。

良子はかぶりを振って、不吉な想像を追い払った。

10

「じゃあ、お母さん、また来るね」

手を振って、娘は部屋を出て行った。

牧野瑞江は、ベッドに寝たきりの姿勢で、小さくため息をついた。さっきの娘は洋子ではない、良子だとはっきり自覚していた。

いつだったか、夢の中に洋子が現れた。亡くなったときの小学生の背格好ではなく、五十過ぎの女性に成長した姿で。それが洋子だということが、瑞江にはひと目でわかった。おばさんになった洋子は、いまの良子によく似ていた。洋子には生まれつき左手の甲にほくろがあったが、そのほくろも成長して大きくなっていた。

だから、目が覚めたときに、目の前にいた良子を夢に現れた洋子と見間違えて、うっかり「洋子」と呼んでしまった。左手の甲に黒いものが見えた気がしたからだ。そのときの良子の驚愕《きょうがく》した表情を、瑞江は忘れられない。気まずい空気が流れた。

「お母さん、わたし、洋子じゃないよ、良子だよ」

そういう言葉が返ってくるものと身構えていたので、

「ああ、そう、洋子よ。お母さん、元気？」

と返されて、瑞江は当惑した。洋子であるはずがない。洋子は死んだのだから。

けれども、考えた末に、それは良子のやさしさだと受け止めることにした。

――良子はわたしに合わせて、亡くなった姉のふりをしてくれているんだわ。

認知症と思われているのなら、都合がいい。そのふりをし続けよう、と瑞江は決めた。

――ねえ、洋子と良子、二人一緒にきてくれてもいいのに。次は三人で会いたいわ。

だから、そんなわがままを言って、良子を混乱させたり、困らせたりするようなことはしない。そのくらいの配慮をする知能はまだ備わっている。

――だけど、この演技をいつまで続ければいいのかしら。

瑞江は、天井を見上げて思う。どうやら、本物の認知症になるまでは、この演技をやめるわけにはいかないらしい。

誤　算

1

棚橋文彦《たなはしふみひこ》は、閉まりかけた扉にとっさに手をかけた。中で気づいた誰かがボタンを押してくれたのか、扉が大きく開いた。

——よし、間に合った。

だが、エレベーターに乗り込んだ途端《とたん》、スーツの群れの中に一人の男の顔を見つけて、激しく後悔した。文彦は男に軽く会釈《えしゃく》をし、入り口近くの壁に背中を張りつけるようにして、顔をこわばらせたまま視線を表示板にあてていた。一階までの時間が恐ろしく長く感じられる。

ようやくエントランスフロアに着いて、扉が開く。

「どうぞ」

見るからに新しいスーツ姿の新入社員が、その男に顔を振り向けて、扉を手で力強く押さえながら先に降りるように促《うなが》した。

「いやいや」

と、男は手をひらひらさせて声高に辞退した。「部長がいらっしゃるんだ。部長が先だろう」

――俺のことだ。

文彦の顔は、かあっと熱くなった。

「いや、どうぞ。お先に」

文彦もてのひらを上に向けた。毅然《きぜん》として言うつもりが、不覚にも声がかすれてしまった。

「ああ、そうでした。元部長でしたね」

とってつけたような皮肉を吐いて、その男――文彦の元部下で現部長の河田洋介《かわだようすけ》は、肩をいからせながらエレベーターを降りて行った。そのあとにずらずらと新入社員が続く。降りる直前、蔑《さげす》むような視線を文彦に投げた者もいた。

文彦は最後に箱から出ると、河田たちとは逆側に向かった。このところ、昼飯は一人で連れはいない。

　会社の仲間がやって来ない喫茶店に入る。座る席も注文するものも決まっている。昔ながらのケチャップをたっぷり使ったナポリタンとオムライス、それにじゃがいもと野菜が大きくカットされたカレーライスのローテーションだ。そこにミニサラダと食後のコーヒーがつく。

　いつもは夏でもホットコーヒーを頼む文彦だが、この日は違った。アイスコーヒーを注文した。身体《からだ》の中にたまった怒りの熱を少しでも冷まさないことには、夕方まで持ちこたえられそうにない。

　――もう限界だ。

　文彦は、さっきのエレベーターの中で身体が悲鳴を上げたのを感じた。明日辞表を出そう、とついに決心したのだった。

2

　すべてが計画どおりに、順調に進んでいたはずだった。

　文彦は、都内の大学に進学するために岐阜から上京し、経営学部を出て、大手食品メーカーに就職した。大学時代に合コンで知り合った短大卒の女性と二十五歳で結婚し、翌年第一子が生まれ、四年後に第二子が生まれた。そこは計画したわけではなく、まったくの偶然だったが、男の子と女の子の両方を授かることができた。

その翌年には二十五年ローンを組んで、限りなく埼玉県に近い東京都内に一戸建てを購入した。「都内にマイホームを持つ」という夢も叶《かな》えたわけだ。途中、単身赴任《ふにん》の期間もあったものの、四十代後半からはずっと自宅通勤可能な関東地区が勤務地で、六十歳になる前に住宅ローンも無事払い終えた。

子育てもほぼ計画どおりにいったと自負している。現在、長男の健一《けんいち》は化学会社に勤務しており、三年前に結婚した長女の七海《ななみ》も一児の母となってからも旅行会社を辞めずに、仕事と育児を両立させている。都内で一人暮らしをしている健一は、今年三十六歳になる。まだ独身なのが少し気がかりではあるが、男だから四十過ぎての結婚でも遅くはないだろう。

郷里の岐阜には、文彦の姉と兄が住んでいる。実家に兄の家族が住み、姉の家族も実家から徒歩圏内に住んでいる。文彦の両親は、二人ともすでに他界していた。父親は十一年前に、母親は二年前に亡くなった。どちらも、いまで言う「ぴんぴんころり」のケースで、倒れてからさほど闘病せずに旅立ってくれた。「二人とも平均寿命をクリアしてくれた。それで充分だよ。子供たちに介護の苦労をさせまいとして自ら逝《い》ってくれたんだ。ありがたく思わないとな」と、通夜の席で妻の芳子《よしこ》に言ったら、芳子は返す言葉がないという複雑な表情になり、口を結んでいた。

仕事に関しても計画どおり、計算どおりにいった、と文彦は思っている。もともと社長にまで出世してやるぞ、というような無謀な夢や野心は抱《いだ》いていない男だったから、部長職まで出世できただけで充分満足していた。

一つ誤算があったとすれば、「定年」に関してだったろうか……。

大学を卒業して就職した年には、六十歳定年が主流だった。「これから三十七年も働くのか」と、その年数を想像して気が遠くなりかけた。だが、希望の職種に就《つ》けたこともあり、また励《はげ》まし合える仲間も大勢いたことで、不安よりも期待のほうが大きかった。だから、住宅ローンも六十歳の定年を意識して返済計画を立てたのだった。

それが、少子化による人材不足の影響や財政難に伴う年金支給年齢の引き上げとの兼ね合いで、二〇一三年に希望者を六十五歳まで雇用するように義務づけた法律が施行《しこう》された。

文彦の勤める会社も再雇用制度を採用した。六十歳で一旦定年退職したあと、再度会社と雇用契約を結ぶ形だ。したがって、退職金はすでにもらっている。再雇用後は役職には就かず、給料も三割から四割ほど低くなる。

再雇用されて二年間は、かつての部下たちが上司となって机を並べているのに違和感を覚えたものの、彼らがそれなりに敬意を示してくれたり、気遣ってくれたりしたので、とくにトラブルもなくのんびりと過ごせた。昼食に外に行くのにも後輩のほうから声をかけてくれたものだ。

ところが、この春、よその支社から異動してきた部長が上司になってから、職場の空気が一変した。新しく部長になった男——河田洋介は、文彦が名古屋支社で課長職に就いていたころに入社してきた部下だったのだ。

パワーハラスメントなどという言葉も生まれていなかった時代である。文彦は、とにかく河田の声が小さいのが気になって仕方なかった。

「そんな蚊《か》の鳴くような声でどうする。それじゃ、契約なんて取れないぞ」

「もっと腹の底から出せ」

「聞こえない。もっと大きな声で」

などと、河田が何かひとこと口にするたびに声を張り上げて注意した。

河田の姿が、華奢《きゃしゃ》で食が細く、身体の小ささに見合うように声の小さかった幼少期の健一とダブって見えて、当時の記憶がよみがえり、余計、苛立《いらだ》ちを募《つの》らせたのかもしれない。その健一は中学校でぐんと背が伸び、食欲も旺盛《おうせい》になり、声変わり後は声量も豊かになったのだったが。

河田が商品の発注数の計算を間違え、そのミスに事前に文彦が気づいたときは、「声の小ささが致命的なミスに通じることもあるんだ」とたしなめたあと、「やっぱり、体育系じゃないやつはだめだな」と、嫌味に聞こえるような言葉を続けたかもしれない。学生時代、河田は美術部に所属していて、文彦は弓道部に所属していた。そのときは、ちょっと言いすぎたかな、と反省もしたが、それも含めて小言《こごと》はすべて叱咤激励《しったげきれい》のつもりだった。一人前の営業マンに育て上げるために必要な小言だ、と文彦はみなしていた。

しかし、職場での少しきつい叱責《しっせき》でも「パワハラ」と騒ぎ立てられかねない世の中になったいま、河田は、昔自分が上司の文彦にされたことへの仕返しをしているつもりなのかもしれない。つまり、復讐だ。

肩書きがなくなり、平社員になったのだから、それまでも、主任クラス以上が出席する会議には声がかからなかったのは普通だった。けれども、会議の内容は文書でのちに知らせてもらっていた。そういう配慮が自然にされていたのだ。

ところが、河田が部長になったこの春から、文書の配布の習慣もなくなった。河田が「再雇用者には配布の必要なし」と、部下に通達したのだろう。さらには、業務上の重要な事柄から部内で使う書類の書式などの身近な事柄まで、一切の変更事項の情報を与えてもらえなくなった。いちいちこちらから聞かなくてはいけないが、周囲の業務の手をとめさせてまで質問するのは憚《はばか》られる。

屈辱的な気分を味わわされて胃潰瘍《いかいよう》になりそうだと思っていたところへ、先日、あの事件が起きた。腹の調子が悪く、男子トイレの個室に入っていたときだった。入り口のドアが開いて何人か入ってくる気配があった。いい年して連れションか、などと苦笑した瞬間、「使いにくいんだよなあ」と、ドアの外で河田の声がした。「何がですか?」と、聞き覚えのある若い社員の声が受けて、文彦の肛門は緊張で締まった。

「再雇用組だよ。時代の変化についていけないのか、頭が固くて、プライドばかり高い」

「そうですか」

「昔、嫌な上司にいじめられてね。『声が小さい』『もっとでかい声出せ』ってね。しつこく言われて、頭がおかしくなりそうだったよ。こっちも入社したばかりだから、真に受けて公園で大声出す練習なんかしてさ。声をからすまでやって。いまそんなことを部下にさせたら、訴えられるよ」

「そうですね」

「そういうやつらがいまの再雇用世代なんだから、まったくやりにくくてね」

二人の会話が終わって廊下に出るまで、文彦は、ズボンをおろした情けない格好で便器に座り、息を潜めていた。

――俺が個室にいるとわかっていて、聞こえよがしに言ったんだ。

文彦は、それも河田の「復讐」の一つだと解釈した。

そして、極めつきが今日のエレベーター事件である。まさに、職場でのいじめだ。

――これ以上会社にいたら、絶対に病気になる。

再雇用者の退職願はどう書けばいいのだろうか。文彦はビールを飲みながら、テーブルに用意した便箋《びんせん》を前に頭を捻《ひね》っていたのだった。

――あと三年。六十五歳まで勤めるつもりだったのに。

会社を辞めたら、年金が満額支給される年齢に達するまで、収入が途絶えるということだ。また仕事を探さなくてはならないのか……。

計算が狂ってしまった。これからどうしよう。途方に暮れていたら、カウンターの固定電話が鳴って、われに返った。表示された番号で妻からだとわかって、受話器を取り上げる。

「どう？　変わりない？」

いつもの様子うかがいの電話だ。

「あ……ああ、まあな」

「ちゃんとご飯食べてる？」

「ああ、まあ」

と答えはしたが、テーブルにはコンビニ弁当しかない。それを肴《さかな》に缶ビールを飲んでいる。家事の中で一番苦手なのが料理なのだ。

「変わったことはない？」

「いや、とくには」

明日辞表を出す、と切り出す勇気はない。それで、「そっちはどう？　お義母《かあ》さんは変わりない？」と、すぐに質問に切り替えた。

妻の芳子は、一人暮らしをしている母親の介護のために、先月からずっと郷里の新潟に帰省している。それも、誤算の一つと言えるかもしれない。一人暮らしとはいえ、近くに芳子の兄夫婦が住んでいるから、義母に何かあっても彼らが中心になって世話をしてくれるもの、と文彦は楽観していた。

ところが、義母の腰部脊柱管狭窄症が悪化して外出が困難になり、視力が低下したり、嚥下障害も表れたりして食事のしたくに時間を要するようになったと知ると、芳子は文彦にこう頼み込んできた。

「ねえ、わたしを無期限で実家に行かせてくれない？　もう健一も七海も独立したことだし、この家にはあなたとわたしだけ。あなたは六十五までいまの会社で働ける。わたしがいままでみたいにご飯を作ったり、家事をしたりしなくても、身のまわりのことくらいできるでしょう？　もちろん、たまには家に帰って来るわよ。でも、母だけは悔《く》いのないように最後までそばにいて、見送ってあげたいのよ」

芳子の父は脳梗塞《のうこうそく》で倒れ、五年間の闘病ののちに亡くなった。倒れたときは、健一がまだ高校生で七海も中学生だったので、芳子はそんなに頻繁《ひんぱん》には帰省することができなかった。通院のために車を出したり、ヘルパーが自宅に来られないときにかわりに介護したりなど、そばに住んでいる義理の姉に大きな負担をかけてしまったことが、芳子は心苦しかったのだろう。

妻の気持ちも理解できたので、「そうすればいいさ」と、文彦は快《こころよ》く送り出すことにした。

義母は八十八歳である。三年後は九十を超える。いくら何でもそんなに長生きはしないだろう。せいぜいあと二年か。そしたら、妻は戻って来るだろう。そう計算した上での送り出しだった。

芳子は、週に四日、大手クリーニングチェーン店で、洋服のリフォームの仕事をしていた。「三年後、あなたが完全定年になったら、和裁も習い始めたいわ」と言い、「仕立て職人になるのがわたしの夢だったの」と、第二の人生の夢を語っていた。その仕事を辞めたら、パート収入が得られなくなるということだ。

完全に定年するまでは退職金には手をつけない、と夫婦で決めている。夫婦で二重生活を始めるとなれば、交通費も含めて出費もそれなりに嵩《かさ》む。会社の経費で賄《まかな》える単身赴任によるそれとは根本的に違うのだ。

その点を遠慮がちに切り出すと、「大丈夫よ。わたしもあっちで仕事をするから」と、芳子は言った。「高校時代の友達がカフェを開いていてね。同級生なんだけど。手のあいたときに手伝ってほしい、って言ってくれてるの。わたしもずっと母の介護だけだと息が詰まるから、ヘルパーさんや兄やお義姉《ねえ》さんがきてくれる日とか、母の体調のいいときなど手伝いに行こうと思っているの」

それを聞いて、文彦は安心したのだった。妻が実家を拠点にすることによって生じる支出は、文彦には計算外だったからだ。芳子があちらで少しでも仕事をするとなれば、貯金からさほど供出しなくてもすむ。近くに義兄もいるのだから、義母の経済的な援助はそちらがするのが筋である。すなわち、文彦の立てた人生設計は大きく崩れずにすむわけだ。

「お母さん、わたしがそばについているからかしら、すごく元気になったのよ」

と、芳子は、さっきの文彦の質問に対する答えを返してきた。「とは言っても、歩行が困難なのは相変わらずだけど」

「車は？」

義兄が使っていた中古車を貸してもらえると言っていたはずだ。

「ええ、兄の古い車を使わせてもらってる。それで、買い物に行ったり、母を病院に連れて行ったりしてるわ」

「運転には気をつけろよ」

「わかってる」

軽く受けてから、「仕事はどう？」と聞いてきたので、文彦の心臓は脈打った。

「変わりはないよ」

「春に人事異動があったんじゃないの？」

「あったけど、別に仕事の内容に変わりはない」

かつての部下が上司になったことは、芳子には伝えていなかった。

「健一や七海からは連絡があるか？」

またもや妻の関心をよそに向けさせるために、こちらから質問する。

「健一からはさっぱり。七海からはときどき、『おばあちゃん、元気にしてる？』って電話があるけど、あの子も忙しいからそれだけ」

「そうか」

七海の夫の両親が千葉県に住んでいて、義理の母親がたまに孫を預かりにきてくれるらしい。

「それから、わたし、再来週の土曜日、そっちに帰るから」

「えっ……」

文彦は、思わず言葉に詰まってしまった。有休を入れて再来週の頭から出社しないことに決めている。

「ああ、わかった。待ってるよ」

会社を辞めることを伝えられないままに、文彦は電話を終えた。

3

——どうしよう。

一面の大きなガラス窓越しに、高層の建物が林立し、宙に浮かぶ通路が幾重にも張《は》り巡《めぐ》らされた宇宙都市のような駅周辺を眺めながら、文彦は考えあぐねていた。もう会社には行っていない。映画を観《み》に外出した帰りに、目についたカフェに入ったのだった。

辞表を出した会社が都内にあるから、というわけでもなかったが、何となく足は都心を離れて埼玉県へと向かった。電車に乗り、荒川を越えて、はじめての駅で降りた。そこにシネコンがあるのは、ネットで調べて知っていた。評判になっているＳＦ映画を字幕スーパー版で観たのだが、平日の昼間の映画館のジジババ——いや、シニア世代率の高さには閉口した。夫婦で観にきていた者も予想外に多くて、少しうらやましくなった。

だが、夫婦で娯楽に興《きょう》じるのも、すべて文彦が六十五歳の完全定年を迎えてから、と芳子と決めているのだ。その計画を狂わせたくはない。

文彦は、六十歳で一度退職した直後、芳子がいたずらっぽい目をして、「ねえ、あなたが完全定年になったら、やってみたいことをそれぞれ書き出してみない？　どんな小さなことでもいいわ」と、提案してきた夜のことを思い出していた。

三歳年下の芳子は、あまり自己主張することのない、大勢の中にいても聞き役に徹する女だった。基本的に文彦のやりたいようにさせてくれる妻で、口にこそ出さないでいるが、そんな彼女に文彦は感謝していた。だから、芳子の「書いた内容は、完全定年を迎える日まで見せ合わないようにしよう」という提案にも、おもしろがってつき合ってみる気になったのだった。

そのとき書いた紙は、手帳に挟んで持ち歩いている。コーヒーを飲みながら、紙を広げてみた。どんな小さなことでもいい、と言われて、子供のころの夢まで思い起こして箇条書きにした。

――日本中の鉄道路線を乗り尽くす。

――豪華寝台列車に乗って旅行する。

――キャンピングカーを買うか、レンタルして旅行する。

――世界一周クルーズ旅行をする。

――そば打ちを習う。

——野球観戦、サッカー観戦をする。

——家庭菜園を楽しむ。

電車の運転士になるのが子供のころの夢だった文彦は、暇ができたら好きな路線を選んで、夫婦で旅行をしようと思いついた。だから、まずは鉄道に関する「やってみたいこと」を書いた。キャンピングカーで旅行する夢は、たまたま読んだ雑誌に定年退職後にキャンピングカーを購入した男性の体験談が載《の》っていたからで、世界一周クルーズ旅行もたまたま見た旅行会社のパンフレットに、「シニア世代にお勧めの旅」として紹介されていたからだった。

そば打ちをやろうと思ったのは、自分も芳子もそば好きだからで、野球やサッカー観戦は、健一の趣味でもあるからだ。そして、家庭菜園は芳子の趣味だから、一つくらい妻の趣味に合わせてやってもいいだろう、と考えたからだった。

書き出してみると、定年後のありあまる時間に強烈にやりたいことがないのに気づいて、文彦は何だか拍子抜けした。だが、そのころには夫婦を取り巻く環境も変わっているはずだ。孫は一緒に旅行に連れ歩けるくらいに成長しているだろうし、健一にもいい人が見つかって家庭を築いているかもしれない。

——孫たちに囲まれて過ごすのも悪くないな。

文彦は、完全定年後の楽しそうな生活を想像することによって、会社で受けた屈《くっ》辱《じょく》や仕事を失った不安を忘れようとした。

4

玄関に男物の大きな靴があるのを見て、文彦はハッとした。こんなサイズの靴を履《は》くのは健一しかいない。

居間に行くと、思ったとおり長身の健一がソファに寝そべって、テレビを観ていた。平日の今日は会社があるはずなのに、スーツ姿ではなくジャージ姿だ。

「どうしたんだ?」

「実家だから、いつ帰ってもいいだろ?」

「まあ、そうだが……」

健一の部屋はまだ二階にあって、クローゼットには着替えも置いてある。結婚した七海の部屋はいちおう片づけた。が、どちらの部屋も納戸《なんど》がわりに使ったりはしていない。

「お父さん、やけに帰りが早いね」

健一はそろそろと身体を起こして、億劫《おっくう》そうに言葉を継いだ。「ああ、そうか。閑《かん》職《しょく》だからか」

「閑職はひどいな」

苦笑しようとして、口のまわりの筋肉が引きつった。会社に辞表は出したが、六十五歳までは「現役」でいなくてはならない。つくづくスーツ姿で外出してよかった、と文彦は思った。

「おまえはどうしたんだ。仕事が早く終わったのか？　じゃあ、一緒にどこかに飯でも食いに行くか」

ネクタイを緩めながら、文彦は誘った。

「会社辞めるから」

健一は、父親のほうも見ずに唐突《とうとつ》に切り出した。

「辞める？　本当か？」

「ああ、辞めるよ」

「何でだ」

まさか不祥事《ふしょうじ》でも起こしたのか。青くなった文彦は、息子の前に座り、父親の威厳《いげん》を示すために背筋を伸ばした。

「理由なんて言う必要ないだろう。辞めたいから、辞めるんだ」

文彦は、愕然《がくぜん》とした。父親の自分が会社を辞めたのに続いて、まさか息子までとは……。

「引き止められなかったのか？」

「引き止められたって、辞める自由はあるだろう」

テレビを消して、健一は父親と対面する形に座り直した。

「辞めてどうするんだ」

息子に向けた言葉は、そっくり自分に返ってくる。辞めてどうするんだ。これからどうすればいい。

「ほかの仕事を探すよ。だけど、しばらくはゆっくりする」

「もったいないじゃないか。せっかく入ったいい会社を辞めるなんて」

「もったいない？　いい会社？　本気でそう思っているの？」

健一は、声を荒らげた。

「そうじゃないか。堅実ないい会社だ」

「だけど、第一志望じゃなかった」

「それがどうしたって言うんだ？」

確かに、大学院まで出た健一が一番入りたかった会社ではなかったかもしれないが、知名度の低い地味な会社とはいえ、業績は安定している。

「もう就職して十年以上もたつんだぞ。そこを自分の居場所と思い、天職と思って、一生懸命務めを果たすのが社会人ってものだろう」

健一は、頰《ほお》を膨《ふく》らませている。子供のころによくやったしぐさだ。

「何が不満なんだ？　何かあったのか？」

「ほんの数年の違いで、その後の人生が天と地ほども違ってくるんだよ。ぼくたちは、運命に翻弄《ほんろう》されたかわいそうな世代なんだ」

父親の質問にまっすぐに答えずに、健一は両手で頭をかきむしると、苛立ったように声に怒気《どき》をこめた。

「どういう意味だ」

「お父さんだって知ってるだろう？　ぼくたちは、就職氷河期世代なんだよ」

「だから何だって言うんだ？」

バブル崩壊で企業の新卒採用が絞り込まれた一九九三年から二〇〇四年に、高卒や大卒で就職した現在三十三歳から四十八歳前後の世代を「就職氷河期世代」と呼ぶのは、文彦も知っている。したがって、健一もいちおうその世代に含まれる。

「就職氷河期世代と言っても、おまえは最後のほう、景気が上向きになったころに就活している。ちゃんと立派に就職戦線を勝ち抜いて、安定した会社に正社員として就職できたじゃないか」

「だけど、第一志望じゃなかった」

と、健一はさっきの言葉を憎々しげに繰り返す。

「それが不本意なのか？」

「いまだったら、すんなり最大手に就職できていた」

「それは仕方ないさ。人生すべてうまくいくなんてことはない」

「でも、お父さんはうまくいったんだろう？　全部計算どおりにさ。第一志望の会社から内定もらって、定年前に住宅ローン完済して。経済は右肩上がり、給料はアップ。バブルだって経験している。交際費も使い放題、経費として認められた時代なんだよね？」

「大げさだよ。でも、まあ、それぞれが生まれ落ちた時代ってものがあるからな」

「お父さん、夏休みになると、口酸《くちす》っぱくして言ってたよね。『夏休みの計画をちゃんと立てろ』『一日何ページって計算して勉強しろ』ってさ。おまえは計算が甘い、何でも計画どおりにしなくちゃダメだ、ってね」

「どこの親でも言うことだろう」

いまさら何を言い出すのだ。文彦は、息子の様子に不穏なものを感じ取り、危惧《きぐ》を覚えた。身長こそ平均より大きく伸びたが、身体の成長に心の成長が追いつかない部分のある子だった。

「だったら、お父さんこそちゃんと計算すればよかったんだ」

「計算？　何を？」

「もっと計画的に子供を産めばよかったんだ。いや、もっと計画的に子作りすればよかったんだよ。成長した子が就職氷河期世代にぶつからないように、そこを避けてさ。そしたら、ぼくももっといい会社に就職できて、思いどおりの人生を歩めたのに」

「何バカなことを言っているんだ。そんなこと、できるわけないだろう」

こいつは何を言い出すのか。文彦は、呆気《あっけ》にとられていた。たぶん、会社でよほどひどいことがあったに違いない。就職氷河期世代の次世代に出世で先を越されたのか、思いを寄せていた子をそいつらの一人に奪われたのか、大学の後輩で健一よりずっとできの悪いやつが、自分が入りたかった会社で仕事をしていることがわかったのか、あるいは、単純に上司にミスを叱責されたのか……。

とにかく、職場で嫌な目に遭ったのだろう。文彦がかつての部下から「いじめ」を受けたように。

「ひと晩頭を冷やして、考え直すことだな」

父親としてそう諭《さと》すと、健一は廊下に飛び出し、階段を駆け上がって行った。

――想定外のことが起きてしまった。

これで、ますます会社を辞めたと言えなくなった。文彦は、大きなため息をついた。

5

会社を辞めていないのだから、出勤するふりをしなくてはならない。ハムエッグとトーストの簡単な朝食を作り、二階に声をかけたが、返事はなかった。

「お父さんは出かけるからな」

そう続けると、スーツを着て鞄《かばん》を持ったサラリーマン姿の文彦は、家を出た。

しかし、行くあてはない。理容店に行こうと思ったが、「今日はお休みですか？お休みの日もそういう格好をしているんですか？」などと聞かれたら困る。映画は昨日観たし、地元の図書館に行って人目につくのも嫌だ。

文彦は、通勤途中の車窓から見て気になっていた駅で、ふらりと降りてみた。駅前で道路工事が行われていて、旗振りの交通整理をしている男性が自分と同世代だった。住宅街に入り、昭和の面影を残した喫茶店を見つけてドアを引く。ドアに取りつけられたカウベルが鳴ると、テーブルにいた女性たちが一斉に文彦に注目した。平日の昼間だから、近所の主婦たちだろうか。場違いだと気づいて、すぐにドアを閉めた。胸がドキドキしている。この街との相性はよくないようだ。また電車に乗り、二つ先の駅で降りた。駅前には会社の近くにもあったチェーン店のカフェがあり、迷わずにそこに入った。カウンター席でコーヒーを飲む。誰にも注目されないこういうところのほうが落ち着く。そこで、持参した文庫本を読んで時間を潰《つぶ》した。

昼過ぎになって、見つけた書店に入り、立ち読みしながら時計の針が進むのをちらち気にしていた。それから、近くのそば屋に入ってざるそばを注文し、遅めの昼食とした。

――夕方まで何をしよう。

そば屋を出た文彦は、肩の力を抜いて思った。会社に行かない一日がこんなにも長いものだとは……。

ふたたび午前中とは別のカフェに入った。スマートフォンを取り出し、健一にＬＩＮＥを入れてみた。去年の暮れにきたとき、「お父さん、スマホ貸して」と言って取り上げ、勝手にＬＩＮＥの設定を施《ほどこ》した健一だった。

——会社、行ったのか？

そう送ってみて、一分ほど待ち、既読《きどく》にならないのを確認して、

——まだ家にいるのか？

と、別のメッセージを送ってみた。だが、これも既読にならない。父親からだとわかって、あえて無視しているのかもしれない。

電話もかけてみたが、留守番電話に切り替わってしまう。

——おまえのことが気になったから、早引けしてきたぞ。

そういう言い訳もできる。文彦は、帰宅することにした。駅ビルで夕飯用の惣菜《そうざい》を多めに買って、電車に乗る。

家に着くと、玄関から健一の靴が消えていた。外出したらしい。戻るつもりなのか、このままもう戻らないのか。冷蔵庫をチェックすると、ラップをかけてしまっておいたハムエッグの皿が見あたらなかった。缶ビールも一本飲んだようだ。

スマートフォンを見ると、こちらのメッセージは既読になっている。生存証明がされただけでもいい。文彦は、ホッとしてテレビをつけた。夕飯の時間まで、ただぼんやりとテレビを観ながら過ごしたが、こんな日々が毎日続くことを想像したら背筋が

寒くなった。

　――こういう日々がくるのは、三年先のはずだったのに……。

　いや、三年先はいまとは状況が違う。一人ではない。隣に芳子がいる。文彦の描いた将来設計では、そういう生活を送っているはずだ。

　缶ビールを開けて夕飯を食べていると、芳子から電話があった。

「あのな、実は……」

　口をもぐもぐさせながら、健一のことを伝えようとした矢先に、

「健一が新潟にきてるのよ」

　と、芳子が言った。思いのほか明るい声だった。

「そうか。あいつ、会社を辞めると言っている」

「あなたは反対したの？」

「当然じゃないか」

「身体が悲鳴を上げていても？」

「えっ？」

　何のことだろう、と訝《いぶか》る気持ちが頭をもたげる。

「あの子、首筋やお腹《なか》や腕の柔らかいところに蕁麻疹《じんましん》が出てるの」

「気づかなかったな」

「昔もそうだったじゃない。健一は、食べ物じゃなくて、精神的なものが原因で蕁麻疹が出る体質なのよ。ストレスだったり、疲れだったり。少しくらい会社を休ませてあげてもいいんじゃないかしら」

「辞めると言っていたぞ」

「とりあえず、お休みをもらったみたい」

「ストレスだとして、原因は何なんだ」

「さあ」

「聞いてないのか？」

「話したくなれば話すわよ。それまでゆっくり休ませてあげればいいわ」

「おまえは、よくそんなに悠長《ゆうちょう》にしていられるな」

「それしかできないもの。あの子、久しぶりにおばあちゃんの顔が見たかったんですって」

電話口から声が遠のいて、誰かに話しかける気配がした。

「どうした？」

「健一、いっぱいご飯を食べているわ。『新潟の米はうまい』って。一人暮らしで、食生活が貧弱だったみたい」

「あ、健一を……」

出せ、と言いかけたが、

「そういうことだから、やっぱり、こっちにいるわ。そっちには帰らない」

と、芳子に言葉をかぶされて、「じゃあ」と電話を切られた。

――実は、俺のほうは会社をきっぱり辞めたんだ。

またもや、そう告げる機会を失った。

6

健一の次は、七海だった。

翌日、少しでも早く次の職場を探さないと、と焦燥感に駆られた文彦は、またスーツを着てハローワークに行ったあと、映画を観て、駅ビルで惣菜を買って、夕方帰宅した。すると、家の中から子供の泣き声がした。もしや、と胸をつかれて家に入ったら、案の定、居間で七海が一歳になる隼人《はやと》を抱いてあやしていた。

「あら、お父さん、やけに帰りが早いじゃない」

奇《く》しくも健一と同じ表現で父親を迎える。

「閑職になったからな。早引けしてもかまわないんだ」

だから、その健一から言われた言葉を先回りして返してやった。「それより、おまえはどうしたんだ。今日は休みか？　お母さんはずっと新潟だぞ」

「わかってるわよ」

答えながらも、七海の視線は眠りかけている隼人に注がれている。眠くてぐずっていたようだ。その姿を見て、もうすっかり母親だな、と文彦は感慨を深くした。

「寝かしつけて来るね」

七海は、居間の隣の和室へ行った。押入れには来客用の布団が収納されている。そして、十分くらいで戻ると、そっと引き戸を閉めた。

「隼人は寝たのか？」

「うん」

「どうしたんだ。休みをとったのか？」

育児休暇をとったあと、隼人を運よく認可保育所に入れることができた、と喜んでいた七海だった。七海はそれには答えずに、冷蔵庫から缶ビールを取り出して缶のまひと口飲むと、「わたし、離婚するから」と言った。

「離婚って……秀人《ひでと》君とか？」

「あたりまえじゃない。ほかの誰とするのよ」

「本気なのか？」

「本気よ」

「お母さんは知っているのか？」

「まだ話してないけど」

文彦は軽いため息をつくと、台所へ行った。冷蔵庫から自分の分の缶ビールとつまみのサラミチーズを取り出して、買ってきた惣菜とともにダイニングテーブルに並べた。

「いつもこんな感じの夕飯？」

七海は、食卓を見て目を見開いた。

「朝はハムエッグくらいは作るさ。夜もたまに野菜炒《いた》めくらいは作る」

「へーえ、お母さんが言ってたとおりね。お父さんは、料理を作ろうっていう意欲もないのよ、って」

「そう……なのか」

面と向かって言われたことはなかったので、文彦は、黙《だま》っていた芳子にちょっと文句を言いたいような気分になった。

「やっぱり、そのとおりね。お母さんが新潟に行ってから、もうだいぶたつのに、本格的に料理をしている形跡もないし」

「そんな暇はないんだ。再雇用後も何かと忙しいんだよ」

朝は時間がないからトーストに牛乳かコーヒー、たまにハムエッグくらいで、昼は社食か外食で、夜は誘われれば居酒屋で、誘われなければ一人居酒屋か、弁当を買って帰るか。そういう生活だったが、それも会社に辞表を出すまでの話だ。

「本当に、お母さんはそんなことを言っていたのか？」

「気になるの？　お母さん、完全定年後の生活を想像したんじゃない？　少しはお父さんにもまともな料理を作ってもらわないと、お母さんが手がかかって困るから」

「そのときはそのとき、ちゃんとやるさ」

「どうかなあ」

肩をすくめてみせた七海の目に、好奇心を含んだ光がまたたいた。「それから、こうも言ってたわ。『お父さんは、何でも自分の計算どおりにいくと思っているみたい』って。『人の寿命までも計算できると思っているのよ』ってね」

「何のことだ？」

「心あたりないの？」

他界した両親や芳子の母親のことが頭に浮かんだが、自分が過去に何をどう言ったか、正確には覚えていない。

「ああ、そうそう。お父さんたち、完全定年後にやってみたいこと、それぞれ書き出したんだって？」

「ああ」

「お父さんは何て書いたの？」

「それは、完全定年まで教え合わない約束だ」

「わたしは、お母さんから聞いたけどね」

「何て書いたんだ？」

「わたしが教えたなんて言わないでね。いいね」

と、念を押してから、七海は言葉を重ねた。「別にたいしたことじゃなかったよ。家庭菜園でもっとたくさんの種類の野菜を作りたい。和裁を習って、着物が仕立てられるようになりたい。着物を洋服や小物類にリフォームできるようになりたい。国内や海外のカフェ巡りをしたい。和菓子作りを習いたい。それから、おしゃれなカフェを経営したい……だったかな」

「おしゃれなカフェを経営したい。お母さん、おまえにそう言ったのか？」

「別に勝手な夢を語っただけだから、いいんじゃないの？　ほら、お母さんって少女趣味的なところがあるじゃない」

「ほかに……」

何か言ってなかったか、と尋《たず》ねようとしたとき、隣室で泣き声が上がった。

「やだあ、起きちゃった。あの子、眠りが浅いの」

ふたたび七海は和室へ行く。「よしよし、おねむなのね」と、やさしくあやす声が聞こえてくる。

「隼人のためにも、離婚は考え直したほうがいい」

今度も十分ほどで寝かしつけて戻ってきた娘に、文彦は忠告した。「大体、何が原因なんだ？　何があったんだ」

「よくある話よ。秀人さんとお義母さんとわたしの三角関係みたいなもので、言葉ではうまく説明できないの」

「それでも、ちゃんと順序立てて説明してくれないと、わからないじゃないか」

「結婚して三年。小さなことから大きなことまでいろいろあって、それらが蓄積して、ゴミ箱からあふれ出した。そんな感じなの。たとえば、隼人を保育所にお迎えに行った回数を正の字で冷蔵庫に書いておいたら、それをお義母さんが見つけて、わたしの回数のほうが多かったのに、自分の息子がたった二回お迎えに行ったことをほめたたえて、『七海さん、秀人に感謝しなさいよ』みたいな目線を送ってきたり……」

「言葉でおまえにそう言ったのか？」

「そうじゃないけど、心で感じるの。それだけじゃなくて、ほかにもあって……」

言いかけて、「もういい」と、七海は激しく頭を振った。

「離婚してどうするんだ」

「ここから会社に通うわ」

「隼人は？」

「こっちで保育所を探す。ちゃんとしたところが見つかるまでは、無認可の保育ルームみたいなところに預けるわ。わたしの給料、そっくり消えちゃうかもしれないけど。ここなら家賃はかからないし」

「お父さんは協力できないぞ」

「いいわよ。最初から期待してないから」

残りのビールを飲み干すと、「まだわたしの部屋、あるよね。あの子と暮らせるように整えないと」と言いながら、七海は二階へ行った。

7

芳子が帰るはずだった土曜日、文彦は北陸新幹線に乗って新潟へ向かった。自宅には隼人を連れて出戻った七海がいる。わが娘ながら、その行動力には感心した。隼人を預けられる保育ルームをネットで迅速《じんそく》に探しあてた七海は、来週から出社するという。

「おまえたちの面倒まで見きれんぞ」

身勝手な行動に腹を立てて言うと、

「お父さんに頼るつもりなんてないから、安心して。自分のことは自分でする」

ぴしゃりと返されて、「お父さんこそわたしに頼らないでよね」と、釘《くぎ》まで刺された。

——女同士で心が通じ合うこともあるだろう。ここは、芳子から説得してもらったほうがいい。

そう考えて、新潟行きを決めたのだった。芳子が実家を拠点にした生活を始めてから、初の訪問である。健一は一泊したのちに東京の自宅に帰った、と芳子から連絡を受けていた。

新潟市内の芳子の実家を訪れると、迎えてくれたのは芳子の兄の妻、明恵《あきえ》だった。昔バレーボールをやっていたとかで、年齢のわりに背が高く、身体つきもがっしりしている。

「芳子さんは、今日は『モニカ』のほうに行っているんです」

『モニカ』というのが、芳子の友達が経営しているカフェらしい。

「お義母さんの具合はどうですか？」

居間に通され、東京駅で買った菓子折りの手みやげを渡すと、文彦は部屋を見回した。芳子の母親の姿はない。

「お義母さん、頭はしっかりしていて、お元気なんですよ。いまは向こうの部屋で寝ています。年をとると、日中うとうとする時間が長くなるみたいで。とりわけ、今日はお散歩の時間が長かったから、お疲れになったのかも」

「散歩されたんですか？」

「ええ、車椅子に乗せてそのあたりを」

「芳子が中心になって介護する、そういう約束でこちらにきたのに、相変わらず明恵さんばかりにご負担をかけてしまい、すみません。芳子は好き勝手に何をしているのか……」

「いえいえ、そんなことはないんですよ。わたしが先日、手を怪我《けが》したときは、芳子さんがたくさんおかずを作って持ってきてくれたし、こちらのほうが助けられているんです」

「だけど、お義母さんの介護をするのも大変では……」

「それが、そうでもないんですよ。お義母さん、水を持って行ってあげただけで、『ありがとう』と言ってくれて。介護する者には感謝の言葉が一番嬉《うれ》しいものなんですよ。わたしの夫なんかお茶をいれてあげても、『ありがとう』のひとこともないのにね。まったくもう」

明恵は、豪快に笑った。

――そういうものなのか。

介護経験のない文彦には、いまひとつぴんとこない話だった。『モニカ』に行って芳子に会ってからまたこちらに戻る、と明恵に伝えて家を出た。

道順を聞いていたので、『モニカ』はすぐにわかった。芳子の実家から歩いて七分くらいの涼しい木立の中にあった。漆喰《しっくい》の白壁に赤茶色の瓦《かわら》屋根。和風建築の趣《おもむき》がある。店名とのギャップに違和感を覚えた。

——おしゃれなカフェを経営したい。

夫の完全定年後に、芳子がやってみたいことの一つがそれだという。それが、文彦の頭にずっと引っかかっていた。そんな話は、結婚生活において一度も二人のあいだで出たことはなかった。

——あいつにそんな夢があったとは……。

何段か階段を上がって木の扉を開けると、「いらっしゃいませ」と、華《はな》やいだ女性の声が迎えた。

「あら、あなた」

出迎えた声は、芳子のものだった。が、東京の家にいたときよりも一オクターブも高く聞こえる。

幹線道路からはずれた木立の中なのに、いくつかあるテーブルはすべて埋まっている。古民家を改築したのか、天井に太い梁《はり》が渡されている。

「カウンターならあいているわ。どうぞ」

と、芳子がカウンター席に導いてくれた。

黒光りする長い一枚板のカウンターの前に座り、文彦は息を吐いた。入店してから不思議な緊張感に包まれている。

「いらっしゃいませ」

男の声がして、文彦はハッとそちらへ顔を振り向けた。客席から戻ってきた作務衣《さむえ》姿の男がカウンターの中へ入って行く。

「ほら、あなた、こちら、高校時代の友達の須山《すやま》君。この店の経営者よ」

「ご主人ですか。はじめまして。須山です。いつも松尾《まつお》……いや、奥さんにはお世話になっています」

と、『モニカ』の経営者が如才《じょさい》ない挨拶をした。だが、妻を旧姓で、しかも呼び捨てにしただけで、文彦には充分に衝撃的だった。少なくとも、文彦は妻をそう呼んだことはない。

「あ……妻がお世話になっています」

文彦は、魂《たましい》を抜かれたようになって機械的に受けた。

――高校時代の友達って、女友達じゃなかったのか。

まさか、男が出現するとは……。心がひんやりとした。

「これからも奥さんにはお世話になりますが、よろしくお願いしますね」

相手のペースにはめられて、「ええ、はい」と、文彦は、まるで道化師《どうけし》のように笑顔で応じざるをえなかった。

芳子と、このカフェの店主で高校の同級生という須山が、顔を見合わせて微笑《ほほえ》み合った。

その瞬間、文彦は気づいた。芳子が夫の完全定年後にやってみたいこと、それはいずれも夫婦単位ですることを想定していた文彦に対して、自分一人でできることを想定したものだったのだ、と。着物の仕立て職人になる夢と作務衣姿の男とは、何か関係があるのだろうか。芳子は、国内外のカフェ巡りを誰とする夢を抱いているのか。まさか、夫以外の人間と……。

——俺の人生には、いま一つ大きな誤算がありそうだ。

文彦は、妻とその男友達の顔をぼんやりと見つめて、そう思った。

セカンドライフ

1

「お父さんが再婚するって、お母さん、知ってた？」

娘の映美《えみ》からうわずった声で電話があったのは、奇《く》しくも久子《ひさこ》の郵便局の口座に年金が振り込まれた日だった。

「あら、そうなの？　いま知ったわ」

と、久子は、涼やかに言い返した。三年前に別れた夫である。再婚しようとどうしようと関係ない。

「相手は、お隣の水島《みずしま》さんだって。お母さん、何か勘づいていたんじゃない？」

「あなたたちの父親とは、もう三年も会っていないのよ。勘づくはずないいじゃないの」

「お母さんは離婚して、お父さんとは他人になったかもしれないけど、わたしとお兄さんにとっては父親だから、深刻な問題よ」

「将来、相続の問題が絡《から》むから？」

そう切り返すと、図星《ずぼし》だったらしく、映美は口をつぐんだ。そして、しばしの沈黙ののちに、「何も籍を入れなくても、大人のつき合いのままでいいのにね。いまだってお隣同士なんでしょう？」と、不満げに続けた。

「あなたのお父さんは、きちっとけじめをつけたいんじゃないの？　それに、何と言っても、彼女はあなたたちの父親の命の恩人だもの。特別な感情を抱《いだ》いたとしても不思議じゃないでしょう？」

「お父さん、水島さんから『曖昧《あいまい》な関係のままじゃ嫌』って強引に迫られて、しぶしぶ籍を入れることにしたんじゃないかな」

娘としては、父親の肩を持ちたいのだろう。映美は母親の言葉を無視して、自分なりの見解をぶつけてきた。

「さあ、どうかしら」

「他人事《ひとごと》みたいな言い方ね」

「だって、他人事だもの」

久子は、苦笑しながら受けると、「相続の問題は、あなたと慎吾《しんご》とあなたたちの父親の三人で話し合いなさいよ。お母さんを巻き込まないでちょうだい」と突き放して、電話を切った。

元夫の高瀬吉雄《たかせよしお》が、自分と離婚したあとに水島真由子《まゆこ》と再婚するのは、予想できていたことではあった。

久子は小さなため息をつくと、テーブルの上に広げた郵便局の通帳に改めて目を落とした。

六十五歳。ようやく公的年金がもらえる年齢に達したのだ、と苦さと爽快感《そうかいかん》を含んだ感慨が胸にこみあげる。

通帳に振り込まれた年金額は、二か月分で二十四万四千円。ひと月十二万二千円。その金額が一般的に見て妥当《だとう》なのかどうかはわからない。しかし、いまの久子にとっては大きな金額に間違いない。スーパーでパート勤めをして手取りは十一万八千円。それを上回る金額だ。しかも固定額である。一気に月の収入が二倍になったわけだから、心にも余裕が生じて当然だろう。

三年前、吉雄から離婚を切り出されたとき、久子は、将来の年金の分割を要求した。

離婚に至った経緯には久子の側に多少の有責が認められたので、財産分与に関しては多くを望まなかったが、結婚生活三十八年間の実績を否定されたくはなかった。吉雄との結婚によって、現在では死語となっている寿《ことぶき》退社をして以来、専業主婦として家事と育児、それに地域の雑事に従事してきた久子だった。鉄鋼会社勤務の夫が仕事に専念できるようにと、家庭内の環境を整えたり、食事に注意を払ったり、それなりに内助の功を発揮したつもりでいた。

その吉雄が早期退職を相談もなく決めて、「山梨県に移住するぞ」と宣言したのは、吉雄が五十九歳で、久子が五十七歳のときだった。

二人の子供も結婚して所帯《しょたい》を持っていたので、さいたま市郊外の戸建て住宅が二人には広すぎると感じてはいた。双方の両親もすでに他界していて、吉雄の静岡の実家は彼の兄が建て替えて住んでおり、久子の栃木の実家は弟が継いでいた。

東京に住んでいる息子と、夫の転勤で札幌に行った娘に「実家がなくなるのは寂しい？」と聞いてみたら、慎吾には「別に」とそっけなく返され、映美には「実家の処分って大変だっていうから、お母さんたちが生きているあいだに処分してくれるならありがたい」と、ひどく現実的な言葉を返された。車が二台とめられるカーポートと庭つきの一戸建てとはいえ、最寄り駅まで徒歩で二十五分かかる中途半端な立地の物件だ。子供たちが実家に執着《しゅうちゃく》しない気持ちも理解できた。

久子自身はさほど移住に心惹《こころひ》かれる要素はなかったのだが、ちょうどそのころに飼っていた犬の件で近隣トラブルが起きたこともあり、夫の意見に強硬に反対する理由も見つからずに、ずるずると従ってしまった。親しくしていた都内在住の友人を事故で失ったことも影響していた。

昔から吉雄は、何でも独断で決めるところがあったが、その選択によって家族が路頭に迷ったり、不幸になったりしたことがなかったので、〈わたしより社会経験を積んでいる夫の判断は正しいのだろう〉と思いたかったのかもしれない。

夫の退職金の一部と自宅の売却予定の資金をもとに、夫が目をつけておいた山梨県内のM地区に土地を購入し、家を建築するという段階になって、「台所は、おまえの好きなふうに設計すればいいさ」と吉雄に切り出され、久子は舞い上がってしまった。さいたま市内の自宅は建売で、百六十六センチと上背《うわぜい》のある久子にはとくに台所が使いにくかったのだ。自分の身長に合わせてガスレンジや調理台を選んだり、台所の隣にユーティリティを設けたり、浴室につながる動線を考えたり、好みの暖色系の壁紙やタイルを選んだりしているうちに、まるで結婚したときから、こうした第二の人生――セカンドライフを夢見ていたのだと思い込むに至った。

そうやって始まったセカンドライフだったのに、四年数か月で破綻《はたん》してしまった。通帳の数字を見つめていると、離婚すると子供たちに告げたときの反応が脳裏《のうり》によみがえった。

慎吾には「二人でそう決めたのなら、別にいいんじゃないの」と、やはりそっけない言葉を返されただけだった。いいんじゃないの、と言いながら、母親の今後の身の振り方についてはひとことも聞こうとしなかった。

夫が札幌から東京に転勤になって、千葉県内の夫の実家のそばに住んでいた映美は、同性として長年専業主婦を務めてきた久子の気持ちをわかってはくれたものの、離婚に関する法律をあれこれ調べたあと、「やめたほうがいいよ」と、真顔で忠告してきた。

「お母さん、離婚貧乏って言葉、知ってる？　熟年離婚した女性の九十九パーセントが貧困に陥《おちい》るんですって。お母さんは、離婚してもお父さんの年金を半分もらえると思っているんでしょう？」

「そういう要求はするつもりだけど」

「でもね、それは婚姻期間中の厚生年金だけで、期待したほどもらえないのが現実なの」

確かに映美の言ったように、今日手にした年金額は、久子の国民年金に吉雄の厚生年金の半分が加えられた額である。

「お母さんの年齢で働き口を探しても、たいしたところは見つからないと思うよ。専業主婦歴を生かして、家政婦紹介所に登録すればいいかもしれないけど」

よその家庭をのぞくような仕事はしたくなかったので、かぶりを振ると、

「どうしてもお父さんと別れたいのなら仕方ないけど、わたしはお母さんの住むところを探してあげるくらいしかできないよ」

と、映美は、すまなそうに眉根《まゆね》を寄せて言った。

「大丈夫よ。そのくらいの蓄《たくわ》えはあるから。あなたに迷惑はかけないわ」

そう強気で返したが、川口市内の現在のアパートを見つけてくれたのも、自分の夫に保証人を頼んでくれたのも映美だった。

——離婚貧乏といえば、そうなのかもしれない。

久子は、殺風景な1DKの室内を見回した。

離婚してから、ぜいたくとは無縁の生活を送ってきた。読書は好きだが、書籍代を節約するために図書館で借りて読み、食品はパート先のスーパーの見切り品を購入し、下着以外の新しい衣類は買わずに古着ですませた。知人のいない地域で始めた一人暮

らしだったから、誰に誘われるわけでもなく、その点は気楽だった。高級レストランでランチを食べながらおしゃべりに興じる主婦のグループには近づかないようにしたし、この三年デパートにも足を踏み入れてはいない。慎吾の無関心で冷淡な態度や、口は出すけれどお金は出さないという映美の徹底した態度も、かえって、熟年離婚をあえて選択した久子のプライドを保つことにつながった。

パート勤めの一方で結婚生活の中で蓄えた貯金を切り崩しながら、地味な倹約《けんやく》生活に耐えてきたのも、すべてこの日のためだった。

公的年金の受給資格が得られる日。そして、今日が元夫の分割された年金がはじめて振り込まれた日だったのだ。

――これからは、多少のぜいたくはしてもいいかもしれない。

そう思ったものの、すぐに〈無駄遣いしてはだめ〉と、気を引き締めた。ほんの少し生活に余裕ができただけ、とみなさなくては……。

映美が言ったとおり、熟年離婚して貧困に陥ったかもしれない。けれども、離婚で得られたこの自由は何ものにもかえられない。絶対に手放したくはないのだ。

――わたしの本当のセカンドライフは、これから始まる。

開いた通帳を見つめたまま、久子はほくそ笑んだ。

2

愛犬の唐突《とうとつ》な死が、移住先の地との相性の悪さを暗示していたのかもしれない。さいたま市に住んでいたときに飼い始めた柴犬のマロンは、移住直後は元気そのものだった。

久子は、子供たちが独立して夫と二人だけになった家で、名状しがたいむなしさに襲われた瞬間、保護犬を引き取って飼うことを思い立った。前の飼い主が高齢になって施設に入所し、手放さざるを得なくなったという経緯は聞いていた。

朝晩、マロンを散歩させることを日課とし、同時に自分の運動としていたのだったが、きちんとマナーを守って実践《じっせん》していたつもりだった。ところが、ある日、リードを引いてマロンを歩かせていると、一軒の家の門扉《もんぴ》から久子より年配らしい女性が出てきて、「きちんと、これ、守ってくださいね」と、門柱に貼られたチラシを指差した。「犬のフンはお持ち帰りください」と書かれたチラシだ。

「ええ……はい」

そのときは、一般的な注意を受けただけだと思い、そう応じて立ち去ったが、数日後、ふたたびその女性が同じ家から現れて、「守ってください、って言ったでしょう?」と、声を荒らげて突っかかってきた。

「フンの始末はしてますけど」

久子は、言い返した。第一、この家の付近でマロンがもよおしたことなどない。

「わかってるんですよ」

ところが、女性は引き下がらない。「昨日、うちのまん前に犬のフンがあったんですよ。お宅の犬のだってことはわかってます」

「違います」

「見た人がいるんです。柴犬で、青いリードだったってね」

「柴犬はほかにもいるでしょう?　青いリードだって」

「言い訳はけっこうです。とにかく、もううちの前は通らないでください」

ぴしゃりと一方的に言って、女性は家に引っ込んでしまった。

反論の言葉が喉《のど》に張りついて、どうにも溜飲《りゅういん》が下がらない。しかし、とにもかくにも散歩コースは変えないとならない。が、マロンにとってはお気に入りのテリトリーだったのか、違う道へ行こうとしてもなかなか思うように動こうとしなかった。体重が増してきたマロンを引きずるようにして、ようやく別の散歩コースに慣れさせたのだが、そのときの女性が「犬のフンの始末をしない家」といううわさを流したらしく、近隣の住民の久子を見る目が厳しくなったように感じられた。

そんなときに持ち上がった移住話だったから、マロンのためにも環境を変えるのが最善策だと思ったのに……。

移住して三か月。都会より早い秋の訪《おとず》れを肌に感じ始めたころ、早朝の散歩から帰ったマロンが突然、苦しみ出した。身体《からだ》をよじり、口から何か吐き出したので、尋常でない様子に驚き、俺も行くよ、という夫が身じたくするのを待てずに、車に乗せて開いている動物病院を探した。隣の市でようやく見つけ、獣医に診《み》てもらうと、「かなり危ないですね」と言われた。その言葉どおり、マロンは病院で息を引き取った。散歩中に何か除草剤など農薬の類《たぐい》を口にした可能性があるのでは、と言われたが、心あたりはなかった。

空気は澄《す》み、自然に恵まれ、空き地などの散歩コースはたくさんあり、犬嫌いの近隣住民もおらず、犬を飼うには理想的な環境だったのに、自分の不注意でマロンを死なせてしまった。ペットロスに陥った久子は何をする気力も失った。吉雄はというと、もともと妻が好きで飼うことにした犬だったから、ある程度かわいがりはしていたものの、ほぼ一日で立ち直り、部屋のあちこちに飾ったマロンの写真を見てはため息をついている久子を「いい加減、諦《あきら》めろよ」と、顔をしかめてたしなめる始末だった。

そんな中で久子を慰《なぐさ》めてくれたのが、隣人の水島真由子だったのだ。

「最近、お宅のワンちゃんを見かけませんが、どうしました？　確か、マロンちゃんでしたよね」

機械的に手を動かして庭の草取りをしていると、青竹を低く巡らせた隣家の生垣《いけがき》越しに真由子が話しかけてきた。引っ越してきたときに、「水島」と表札のかかった隣人宅には挨拶《あいさつ》に訪れてはいた。そのときも真由子が応対したが、家族構成などについては知らないままでいた。

「マロンは死にました」

真由子に死に至った経緯を説明しているうちに声が詰まり、最後には嗚咽《おえつ》が漏れた。

「まあ……それは、おつらいですね」

と受けた真由子の目も潤《うる》んでいた。「わたしも昔、猫を飼っていたので、ペットをなくした悲しみはわかっているつもりです。家族同然ですもの、つらすぎるお別れですね」

すぐ傍《かたわ》らにいる夫には慰めてもらえず、他人である隣人が生垣越しに肩に手を置いて慰めてくれた。その手のぬくもりが嬉《うれ》しくて、久子は子供のように号泣《ごうきゅう》してしまった。

思いきり泣いて感情が静まったのを見て、「おやせになったでしょう？　少し食べないといけませんよ。うちでお茶でもどうですか？」と、真由子が誘ってきた。

吉雄は、妻の単独行動を嫌う。しかし、躊躇《ちゅうちょ》したものの、真由子の厚意に甘えることにした。夫はちょうど昼寝の時間だろう。

庭先で手を洗って隣家へ行く。真由子の家は平屋で、レンガ色の屋根に薄いクリーム色の外壁と、おとぎ話に出てくるお菓子の家のような雰囲気《ふんいき》だが、敷地は久子の家と同じくらいあり、半分を畑にして野菜を作っている。

久子が案内されたのは、テラスに通じた掃《は》き出し窓のあるリビングダイニングだった。テーブルと揃《そろ》いの木製の椅子に座って窓の外を眺めていると、「お口に合えばいいんだけど」と、真由子が手作りクッキーをハーブティーと一緒に運んできた。

「おいしいです」

薔薇《ばら》のような形のクッキーをひと口かじって、久子は言った。お世辞《せじ》ではなかった。整った形といい、ほどよい甘さと香りといい、店で売ってもいいくらいの腕前だ。

「お菓子作りはよくされるんですか？」

たとえば、家族のために。それとなく、家族構成を聞き出すための質問を向けた。

「いえ、久しぶりです。お宅にお届けするつもりで焼いたんですよ」

「じゃあ……」

庭で顔を合わせなかったら、改めて届けようとしていたのだろう。

「少しでも、高瀬さんが元気になれば嬉しいです」

「それは、ありがとうございます。お心遣いに感謝します」

礼を述《の》べておいて、「あの……」と、久子は、カップを手に遠慮がちに部屋を見回した。どこもかしこもきれいに片づいていて、玄関にも室内にも野の花が生けられており、家の隅々《すみずみ》まで気配りがされている。久子はわが家と比べてしまい、恥ずかしくなった。会社勤めで家を留守にすることの多かった日々は気づかなかったが、四六時中一緒にいるようになって、吉雄がいかに片づけ下手《べた》か思い知ったからだ。ものをためこむようなことはしないものの、出したものは出しっぱなし、元に戻さないので、久子が気をつけて片づけ回らないかぎり、家の中は乱雑なままである。

「きれいにされていますね」と続けようとした言葉に、「一人暮らしなんですよ」という真由子の言葉がかぶさった。「それを気になさっていたのでは？」

「えっ？……ええ、まあ」

心の中を見透かされて、久子は顔を赤くした。

「主人は、三年前に亡くなりました。ここに越してきて二年目に、自宅で脳出血を起こして。わたしたちに子供はいなかったので、一人になってしまいました」

「越してきたというのは、あの……もしかして、わたしたちのように都会からの移住ですか？」

この質問も遠慮がちなものになった。真由子は久子と同年齢か少し年下に思われたが、定年退職前後の移住組とはどこか違う気がした。

「同じ県内から越してきたんです。主人はもともと東京のレストランで修業した料理人で、いつか自分のレストランを持ちたいという夢を抱いていました。わたしも東京の食品会社に栄養士として勤めていて、主人の夢を実現させてあげたいと思っていました」

始まった身の上話に聞き入った様子の久子に、「冷めちゃうからどうぞ」とハーブティーを勧《すす》めておいて、真由子は静かに話を続ける。

「それで、ある程度貯金もできたからと、元ペンションだった山梨の家を買い取って、改装して移り住んだんですが、うまくいかなくて……。最初はよかったんですよ。ものの珍しいのか、お客さんもきてくださってね。だけど、徐々《じょじょ》に客足が遠のいていき、主人も体調を崩しがちになって、経営が傾いたんです。借金だけが膨《ふく》らんでしまって。

同じ時期に新潟のわたしの実家で父が亡くなり、まとまった額の遺産を受け継いだんです。それで借金を返済して、ここに小さな家を建てたわけで。結局、レストランは三年しか続きませんでした」

「そうなんですか」

ハーブティーのカップをソーサーに戻すのも忘れて、久子はうなずいた。

「こちらにきて、主人は一時間かけて車で通勤していました。ホテルのレストランの厨房《ちゅうぼう》です。でも、オーナーだった自分がまた雇《やと》われ人になるというストレスに耐えられなかったのでしょうか、愚痴《ぐち》が増えていき、夫婦ゲンカになることもありました。主人が倒れたのはそんなときでしたから、わたしは責任を感じてしまって」

「それは、何と言ったらいいのか……」

会ったこともない彼女の夫である。慰める言葉を探したが、見つからない。

「ごめんなさい。いきなりこんな個人的な話をされても、困惑するだけですよね」

手を振りながら笑って、真由子は「忘れてくださいね」と、おどけた口調で言い添えた。

「誰にも話しません」

と、久子もあわてて手を振りながら応じると、

「そんなに真剣な顔をしないでください」

と、真由子はまた笑った。「わたしの中では、もう終わったことですし」

「ああ、ええ」

次の質問をどう切り出そうかと思案して、久子はまた窓の外に視線を投げた。家庭菜園の枠を超えた本格的な畑が見える。葉物野菜のほかに冬に採《と》れる大根やかぼちゃも作っているようだ。

「高瀬さんご夫婦は、ずっとおうちにいらっしゃるようですけど。お仕事は？」

と、真由子のほうから質問してくれた。

「わたしは、毎日家にいても退屈なので、どこかにパートにでも出ようかな、と思っているんです。ずっと専業主婦できたので、移住をきっかけに外に出てみるのもいいかなと」

久子はそう答えたが、本音を言えば、毎日そう広くもない家で夫と顔をつき合わせているのが苦痛になりつつあるからだった。

「そうなんですね。で、ご主人はこちらの環境が気に入って引っ越されてきて、いままでバリバリ働いてきた分、ゆっくり過ごしたいとか？」

「まあ、そういう感じです」と、久子は苦笑で応じた。

「高瀬さんがお仕事を探されているのなら、どこか紹介できるかもしれません。道の駅でスタッフを探していたと思います」

「それはありがたいです」

「わたしも実は、フルタイムではないけれど、仕事で通っているところがあるんですよ」

「どこですか？」

「隣町の高齢者向けの配食センターです。栄養士の資格を生かして、献立《こんだて》を考えたり、調理や盛りつけを指導したりしているんです」

「そうですか。いいですね。そういう資格をお持ちだと」

心底うらやましく思って、久子は言った。短大卒業後、夫と同じ会社に入社して、何年もたたないうちに結婚退職してしまった自分には、何の資格もない。ただ長年、家事を淡々とこなしてきただけだ。妻が家事をするのに慣れてしまい、吉雄は家の中のことは久子がするのが当然という顔でいる。何もしないわけではないが、ゴミ捨てやかさばるものの買い物など、相変わらずサラリーマン時代と同程度の仕事量にすぎない。

「でも、がむしゃらに働く気にはならないんです。高瀬さんのご主人と同じかしら。

レストランを開いていたとき、あまりにも働きすぎたみたいで」

過労死寸前でした、と言い添えて、真由子は肩をすくめた。

「そうなんですか」

「人生でいまが一番いい時期なのかもしれません」

真由子は、少し目を細めると、窓の外を見てつぶやくように言った。「空気はおいしいし、家も密集していないから静かでしょう？　野菜は畑で採れるし、実家から送られてくるおいしいお米のおかげで、ほとんど自給自足みたいな生活だから、お金がかからないんです。職場の取り引き先から安い卵やお肉も分けてもらえるしね。ぜいたくを望まなければ、この地で女一人ゆったりのんびり暮らしていけます」

「寂《さび》しくはないですか？　ご近所づき合いは？」

「女一人だと煙《けむ》たがられるのか、おつき合いも密でなくてね。ときどきポストに入っている回覧板を、また離れたお隣のポストに入れに行ったり、ひと月に一度ゴミ集積所の掃除当番が回ってきたりする程度だから、全然煩《わずら》わしくないんですよ」

そこまで続けて、でも、と真由子はまっすぐに久子を見つめた。「やっぱり、話し相手がいないのは寂しいですね。だから、嬉しいんです。お隣に高瀬さんのような同世代の女性が越してきて」

「それは、わたしも同じです」

ふたたび顔を赤らめて、久子も言った。子供のころから人見知りが激しく、なかなか友達もできにくい性格だったが、短大時代の同級生の文恵《ふみえ》とはうまが合って、彼女が埼玉まで出かけてきたり、久子が東京まで会いに行ったりと、結婚後も親しいつき合いを続けていた。ところが、「わたしにも孫ができたのよ」と、弾《はず》んだ声で報告があった半年後、彼女は交通事故に遭《あ》って亡くなってしまった。移住を決めた理由の一つに文恵を失ったことも含まれていたので、女友達と呼べる存在が近くに得られたことは、久子には望外《ぼうがい》の喜びだったのだ。

3

「どこに行ってたんだ？」

家に戻ると、ソファに足を広げてテレビを観《み》ていた吉雄が、不機嫌そうに聞いてきた。昼寝から起きたばかりなのか、白髪交じりの頭に派手な寝癖がついている。

「お隣よ」

「何の用だ」

「何って……」

久子は、隣家にあげてもらうことになったいきさつと、真由子が未亡人であること、以前は県内の別の場所でレストランを夫婦で経営していたこと、そして、現在の生活ぶりを話した。

「レストランを閉めて、こっちに逃げてきたってわけか。それで、しばらくして傷心のうちに亭主が死んだのか。脱サラしてもうまくいかなかったってことだ」

そう勝手に総括《そうかつ》した吉雄の口元に笑みが生じたのを見て、久子は、夫の底意地《そこいじ》の悪さに嫌悪感を覚えた。経営が傾いたのは事実だが、真由子との約束もあり、彼女の夫が倒れる前に夫婦ゲンカをすることもあったという情報を伝えるのは控《ひか》えた。

「ほら、世間によくいるだろう」

と続けて、吉雄はテレビを消した。妻と膝を突き合わせてじっくり話したいらしい。

「早期退職して何か事業を始めようとするやつが。趣味の延長でカフェやレストランをオープンさせたり、しゃれた名前のショップを開いたりするやつらが。だが、大抵うまくいかない。集客に失敗したり、資金繰りに行き詰まったり。それはなぜか。世の中を甘く見ているせいだよ」

「うまくいくケースだってあるでしょう？　ほら、このあいだ観た……」

テレビ番組で紹介されていたのは、東北の農村に移り住み、趣味のそば打ちを極めてそば屋を開店させたシニア世代の夫婦だった。

「そば屋の夫婦か。そんな成功例はほんのひと握りだよ。テレビではそういうケースしか紹介しないのさ」

と、吉雄は鼻で笑った。「だから、もっとも効率のいい、老後の賢《かしこ》い生き方は、何もしないことなんだよ」

「何もしない？」

夫の口から「老後の賢い生き方」などという言葉を聞いたのははじめてだったので、久子は眉《まゆ》をひそめた。

「そうだよ。年金生活に突入するまでは、目立たず、派手なことをせず、ひっそり暮らすことだよ。ラストスパートをかけるために、体力を温存させて走るマラソンランナーのように、年金をもらえるまでは極力無駄遣いはせず、貯金も目減りさせないようにする。そうすれば、年金生活に入るころには、そうした堅実な生活の術《すべ》が身についている」

——そうだったのね。

目からうろこが落ちたように、合点《がてん》がいった。

久子が車を出して隣町に買い物に行こうとすると、必ず吉雄はついて来る。郊外のショッピングセンターの中のブティックなどは女一人で見て回りたいのに、金魚のフンのようにあとをついてきて、久子がブラウス一枚でも手に取ろうものなら、「そんな派手なの買ってどこに着ていくんだ。こんな田舎《いなか》に住んで、着ていくところなんかないだろう」と嫌味を言い、妻の購買意欲をそぐ。それは、妻に無駄遣いをさせたくなくて、見張っていたいからなのだろう。自分の身なりに関しても、移住後の吉雄には変化があった。会社員時代は糊《のり》のきいたワイシャツやしわのないスーツ、よく磨《みが》かれた靴や鞄にこだわっていた吉雄だったのに、越してきてからは身なりにまるでかまわなくなった。いつも同じジャージの上下で、夕方になると早々とパジャマに着替えてしまう。

自家用車にもこだわりを持ってスタイリッシュな車種を好んでいた吉雄が、こちらにきて、「荷物を運ぶのに便利な中古車に買い替えよう」と言い出したときは、〈土のついたものを運んで、車内が汚れるからだろう〉くらいに思っていたが、すべては年金生活に入るまでの節約や倹約を考えてのことだったのだ。車の維持費《いじひ》もばかにならない。

そういえば、車で一時間ほどの距離にある町で開かれるピアノリサイタルに吉雄を誘ったときも、こう返されて断られたのだった。「わざわざ車を出してピアノを聴《き》きに行かなくても、うちでBSのクラシック番組を聴けばいいさ」と。あれは、一人三千五百円のチケット代とガソリン代がもったいなかったせいだろう。

「だけど、そんな息をするだけのひきこもりのような生活って、何だか味気《あじけ》なくない？　人間は文化的な生き物だもの、ときには生演奏を聴いたり、お芝居を観たり、一見無駄だと思われることもしないと生活に潤《うるお》いがないでしょう？」

「それぞれ」

吉雄は、わが意を得たり、という顔をして、立てた指先を左右に振りながら妻を諭《さと》し始めた。「そういう甘い考え、認識不足が老後の家計破綻につながるんだよ。人生、これからどんな不測の事態が起きるかわからない。そのときのために、蓄えをなるべく減らさないように生活しないとね。生活に潤い？　こんな静かな環境に移住できただけで充分じゃないか。大体、潤いなんて抽象的なものは数字に表せない。潤い、潤いと求めすぎて、無駄遣いにつながり、年金生活が始まったころには数千万円あったはずの貯金がすっからかん、なんて悲惨な失敗例が山ほどころがっているんだからな」

――もともと、こういう考えの人だったのか。

久子は、いまはじめてしっかりと夫と向き合った気がした。確かに、吉雄は仕事人間だった。家庭を妻に任せきりにして身を粉《こ》にして働き、それなりに出世もして、平均的な会社員より高給をとっていた。しかし、それは、退職後のこうした何もしなくていい、怠惰《たいだ》とも呼べる生活を得るためだったのか。

そういえば、と久子は、改めて高瀬吉雄という人間をまじまじと見た。会社員時代はひと月に一度散髪に通っていたのに、いまは髪もかまわないし、風呂上がりにつけていた男性用の乳液もつけないから、髪からは艶《つや》が失われ、肌はかさかさで、たるみがひどくなっている。

――気がついたら、ひどいじいさんになっていた。

まさに、そんな感じの急激な老い方である。久子は、愕然《がくぜん》とした。マロンという気が紛《まぎ》れる存在がなくなって、夫の嫌なところばかり鼻につき始めたのかもしれない。

「それで、何か野菜はもらってきたのか？」

唐突に吉雄がそう尋《たず》ねてきて、久子は面食《めんく》らった。

「隣には立派な畑があって、自給自足の暮らしをしているんだろう？　だったら、みやげに野菜くらい持たせてくれてもいいのにな」

「そんな、図々《ずうずう》しいじゃないの。彼女は、手作りのお菓子まで出してくれたのよ」

「米は新潟の実家から送られてくるのか。その上、畑で野菜も採れれば、食費がだいぶ浮くわけだ」

吉雄は、妻の言葉が耳に入らなかったかのように言い募《つの》ると、ぱっと顔を明るくさせた。「そうだ、うちも畑を作ろう」

思いついたら即行動というふうに、吉雄は立ち上がって窓辺へ行った。「花壇なんか作っていても腹の足しにはならんからな」

「野菜を作るのはいいけど……」

「いいけど、何だ？」

と、言いよどんだ久子に吉雄が顔を振り向けた。

――たくさんの種類の野菜を作っても、それらをあますことなく料理するのはわたしの役目なのよね。

そういう言葉を久子は呑《の》み込んだのだった。

「おまえ、お隣さん……水島さんだったか、水島さんと仲よくしとけよ。そのうち、米も分けてもらえるかもしれないからな」

節約とか倹約とかいう領域を超えた夫の厚かましさに辟易《へきえき》して、久子はそっとため息をついた。

4

こちらから催促《さいそく》せずとも、次に訪《おとず》れたときには、真由子は畑で採れたほうれん草とさつまいもをみやげに持たせてくれた。それらの収穫物を前にして、吉雄は子供のようにはしゃいで喜んだ。その夫に関しての不平不満を彼女にこぼせるようになったのは、四度目の訪問からだった。そのころには、互いに名前で呼び合っていた。真由子のほうが久子より二つ年下だが、この地では先輩である。それでバランスがとれて、自然と友達口調になった。

――老後の賢い生き方は、何もしないこと。

夫がそういう考えでいたことをここにきて知って驚いた、自分の価値観とはかなり違ってがっかりした、と伝えると、真由子はにっこりと微笑んで言った。

「何だかほほえましいわね」

「ほほえましい悩みにすぎない、そういう意味?」

すねた口調で返すと、「ごめんなさい、そういうつもりじゃないのよ」とかぶりを振って、「でもね、同じ屋根の下に話し相手がいるっていいことよ」と真由子は続けた。「主人が亡くなって気づいたの。一人になってから、仕事のない日は一日家にいて誰とも話さないでしょう？　気がついたら、畑のトマトやキュウリに話しかけているの。『あなた、真っ赤に染まってきれいよ』とか『あなたもよく育ってくれたわね』なんてね」

——不平不満があっても、いないよりはましってことかしら。

久子は、共感して盛り上がってくれない真由子に物足りなさも感じたが、彼女は久子より社会にもまれてきている。それだけ経験豊かで物事を多面的に見られるのだろう、と思い直した。

「じゃあ、久子さん、ご主人がいなくなればいい。そう思ったことがある？」

不満顔でいるのがわかったのだろう。真由子が上目遣いに聞いた。

「ときどき」

と、久子は正直に答えた。「あの人、いつもわたしと一緒にいたがるのよ。たまには、一人でゆっくり買い物したいときだってあるでしょう？　それなのに、車を出そうとすると、『俺も一緒に行く。荷物持ちがいるだろうから』ってね。買い出しは、週に一度まとめてしているのよ。それ以外に一人で気分転換したいときもあるのに」

真由子が紹介してくれるはずだったパートの仕事は、タッチの差でほかの人に決まってしまい、相変わらず久子は家にいるのだった。したがって、夫と過ごす時間も長くなる。

「ご主人、寂しいんじゃないの？」

「だけど、一緒に音楽会や映画に行こうと誘えば、断わられるし。音楽も家で聴けばいい、映画もテレビで観ればいい、ってね。あの人、外に出てお金を使いたくないだけなのよ。単なる面倒くさがりやね。あんなにケチな人だとは思わなかったわ」

ふふふと笑ってから、真由子はちょっと声を落とした。

「それじゃ、ご主人にいなくなってもらえば？」

「えっ？」

思いがけない切り返しに、久子は言葉を失った。

「嫌だわ。言葉どおりに受け取らないで」

あわてた様子で両手を振ると、「わたしの主人はこの世からいなくなってしまったから」と、真由子は言葉を継いだ。「わたしが殺したのよ」

今度も、久子は息を呑んだ。

「間接的に、わたしが殺したようなもの。そう言いたかったの」

久子の反応をおもしろがるような視線を窓外に転じて、真由子はつぶやくように言った。「わたしね、夢に敗《やぶ》れた主人がやけっぱちになって、『俺の人生は失敗だった』『生きていてもしょうがない』なんて弱音を吐いたり、愚痴をこぼしたりするのを、最初は慰めたり、励《はげ》ましたりしてたのよ。だけど、そのうち疲れてしまってね。〈もう、うるさい。この人がわたしの前から消えてくれたらな。わたし一人で新しい人生を歩んだほうがまし〉って思うに至ったの。それからは、心の中で祈ったわ。『消えて、消えて』って。そしたら、ある日、突然、主人が倒れて、そのまま帰らぬ人に……。だから、わたしのせいなの。わたしの念が通じて主人が死んだのよ。わたし、小さいころから死んだ祖母に、『おまえは念の強い子だ』って言われていたから」

「真由子さん、それは、その……偶然よ。失意のご主人は、精神的にも肉体的にもまいっていたんじゃないかしら。きっと食欲も落ちていたんでしょう。よくわからないけど、血管も弱っていて、それで、脳出血を起こして……」

真由子の無気味な推測を否定しながら、久子は背筋が寒くなるのを覚えていた。

「うん、そうね」

しかし、真由子は拍子抜けするほど素早く笑顔に切り替えた。「考えすぎよね」

「ああ、ええ、そう。考えすぎよ」

「今度、よかったらご主人も誘って」

真由子は笑顔を崩さずに、玄関の外まで見送ってくれた。

久子は自宅に戻って隣人の言葉を吉雄に伝えたが、夫は「遠慮しとくよ」と、首を横に振った。理由は、「女同士の話の輪に加わるのには慣《な》れていないから」という。

それでも、「野菜作りを教わるときは、庭先で教えてもらうつもりだよ」と言った。

けれども、吉雄が野菜作りを始めることとなったのは、翌年の春からだった。前年のうちにと計画していたのに、ぎっくり腰を起こしてしまい、同時に予想外に天候が悪くて霜も早くおりてしまったので、年が明けて春を待つことにしたのだ。

そして、真由子が紹介してくれた道の駅のパートの仕事を久子が始めたのも、翌年の春からだった。

5

初心者は育てやすい野菜から、という真由子の教えに従って、最初に植えつけたのは、オクラと小松菜と大根とニンジン、それに長ネギだった。隣家の畑の三分の一にも満たない広さではあったが、それでも、高瀬家の畑は賑《にぎ》やかになった。野菜の成長はめざましく、五月には早々と最初に作付けした大根が収穫できて、かわりにキュウリとミニトマトとレタスの種を蒔《ま》くことができた。野菜作りに夢中になった吉雄は、久子が水やりをしている猫の額《ひたい》ほどの花壇も畑にしてなすやピーマンを作らないか、と提案したが、それには断固として反対した。花を慈《いつく》しみ、観賞するのは、人間的な文化だからだ。最後の砦《とりで》として残しておきたかった。

「ご主人、生きがいができてよかったじゃない」

野菜作りを始めて半年たち、生活のリズムが整ったころ、真由子が言った。

吉雄は、毎日のこまめな水やりから栄養を補うための追肥《ついひ》や株の間引き、害虫の駆除、土壌作りなど、本格的な世話がリズミカルにできるようになり、家の中にいるときも畑の見える位置に椅子を置いて、テレビを観たり、本や雑誌を読んだりするのに疲れると、目を細めて窓から畑を眺めている。

久子はといえば、道の駅は観光客や地元客などで週末混《こ》むからと、金土日だけのパート勤務である。最初は、「土日に仕事なんて」と渋《しぶ》っていた吉雄も、「あら、ここにきて毎日が日曜日状態じゃない。平日も土日も関係ないでしょう?」と言い返したら、しぶしぶ承諾《しょうだく》した。真由子の勤務は不定期で、大体週に三日ほど職場に顔を出す程度だが、二人の都合のつく日に彼女の家で「お茶会」を開くのはそれまでと同じである。

「生きがいはできたけど……」

「まだ何かご不満？」

おどけて真由子が問う。

「何か変よね、あの人。自分の中でおかしなルールを作っていて」

久子は、苦笑しながら答えた。「真由子さんとは畑でしか話をしないし、お茶に誘われても絶対に家にあがろうとしないでしょう？　あの人、真由子さんをうちに呼ぶのも嫌がるのよ。『水島さんは野菜作りの師匠だから、畑以外で顔を合わせたくないんだ』なんて。おかしな理屈でしょう？　ほんと、変わった人よね」

「照れやさんなんでしょう？」

真由子は、くすりと笑った。

そんなところが色っぽい、と久子は思う。地味な顔立ちで決して美人というわけではないのだが、上目遣いに見たり、口元に手をあてて笑ったり、流し目をしたり、話すときに上半身を揺らしたり、しぐさがいちいち色っぽい。畑に出ているわりには、色白で肌もきれいだ。久子は、花壇の手入れをしたり、野菜の様子を見たりするだけで、たちまち日焼けしてしまう。

「真由子さんのことが気になるのよ。女として」

だから、ずばりと言ってやった。吉雄は、最近は、寝癖のつきやすい髪の毛を気にしてワックスをつけたり、風呂上がりには入念に顔に乳液をすりこんだりしている。服装にも前より気を遣うようになり、畑に出るだけなのにアイロンをかけたシャツを要求したりする。真由子を意識しているのは明らかだった。

「あら、それは嬉しいわ」

臆することなく、真由子は微笑んで肩をすくめる。

久子も笑った。不思議と真由子に対しては、嫉妬心《しっとしん》がわき起こらないのだ。それどころか、自分の夫にさえ魅力を感じさせるこの女友達が誇《ほこ》らしい、という気持ちのほうが勝っている。

「ねえ、真由子さんの亡くなったご主人ってどんな人だったの？　写真があったら見せてくれない？」

夫の死因に責任を感じているせいだろう。真由子は、室内に夫の写真を飾っていない。

「見せるほどのものじゃないわ」

と謙遜《けんそん》しながらも、戸棚の引き出しから二人で撮った写真を探し出して見せてくれた。

「あら、やさしそうな人じゃないの」

レストランのシェフだったというから恰幅《かっぷく》のいい男性を想像していたら、イメージと違ってやせて長身の男性だった。真由子が小柄だから、余計、背の高さが際立《きわだ》って見える。

「イケメンじゃなくてがっかりしたでしょう?」

「そんな……」

「久子さんのご主人のほうがイケメンかもね」

「そうかしら」

否定はしなかった。結婚当初は、職場で「ハンサムな男」として通っていた夫である。仕事もできると評判だった男性に、少なくはない同期女子社員の中から選ばれて、天にも昇る心地がしたものだ。そんな夫だったから、額がやや後退し、腹が出てきたいまでも、元イケメンの面影《おもかげ》はわずかながら残っているかもしれない。

「いいご主人だと思うわ。久子さん、大切にしないとバチがあたるわよ」

と、真由子はいたずらっぽく忠告して、やはりいつもの流し目をよこした。

6

二度目の秋が巡ってきて、冬になり、年が明けて春になった。季節の移り変わりは、畑で収穫する野菜が教えてくれた。基本的な生活のスタイルは変わらなかった。真由子の家での「お茶会」は相変わらず女二人だけで、吉雄は頑《かたく》なに加わるのを拒《こば》んだ。子供たちにも山梨に顔を見せにくるように声をかけたが、慎吾には無視され、映美には「うちの子、近くに遊園地がないところには旅行したくないって。軽井沢みたいな高級避暑地なら行く気にもなるんだけどね」と断られた。

そんな映美からＳＯＳ要請があったのは、野菜作りを始めて三回目の春を迎えたときだった。映美は第二子を妊娠中で、小学生の男の子がインフルエンザにかかってしまったという。いつもは義母に世話を頼むところだが、義母はちょうど前々から計画していた海外旅行に出かけるところで、旅行をキャンセルさせたくはないらしい。映美の夫は、会議や出張が入っていて休めない。妊娠中の娘がインフルエンザに感染しては大変だ。そこで、久子が助っ人として家事や看護のために千葉まで駆けつけることになった。

娘の家に四日間滞在し、孫が回復したのを見届けて山梨に帰ろうとしたが、ふと羽を伸ばすことを思いついた。パート先にも休みを届け出ている。このまままっすぐ帰宅しても、また家の中で夫と顔を突き合わせるだけだ。その前に休養がほしい。

――たまには、一人になれる時間があってもいいわよね。

そう考えた久子は、都内のホテルを急遽《きゅうきょ》予約して、そこから亡くなった短大時代の親友である文恵の夫に連絡した。文恵の夫とは何度か顔を合わせたことがあったが、話をするのは葬儀以来だった。「こちらにきているので、お焼香《しょうこう》させてください」と切り出すと、定年後の再雇用勤務で帰りが早いという彼は、「どうぞいらしてください」と言う。

杉並区高円寺の文恵の家には行ったことがあった。仏前に供える菓子折りを持って訪れた。線香だけあげてすぐにお暇《いとま》するつもりだった。ところが、文恵の夫に「寿司をとりますから、ゆっくりしていってください」と引き止められた。妻を亡くしてからずっと一人暮らしで、孫ともあまり会っていないというから、よほど寂しい思いをしていたのだろう。ビールを飲みながら亡き友を偲《しの》んで思い出話を語り合っているうちに、夜も更《ふ》けてしまった。「あら、もうこんな時間」と、久子はあわてて辞去し、ホテルに戻ったのだったが……。

文恵の家ではマナーモードにしたスマホをバッグから取り出さなかったし、ホテルに戻ってからもバッグに入れたままにしていた。バスタブにゆっくり浸《つ》かり、バスローブのまますぐにベッドに入った。娘の家では寝不足ぎみで疲れていたのか、その夜はぐっすり眠れた。

映美からのＬＩＮＥのメッセージに気がついたのは、翌朝だった。映美のほかに、真由子からの不在着信も通知されていた。

「お母さん、いまどこ？」「お父さんが倒れた」「病院にいるって」「どこにいるの？」……。

連なった短いメッセージに仰天《ぎょうてん》して、映美に折り返し電話すると、

「お母さん、昨日、山梨に帰ったんじゃなかったの？　もう大変だったのよ。何で連絡くれなかったの？」

と、責める口調でたたみかけてきた。

「昨日は、あれから、その……」

言い訳しかけたが、それどころではない。

「お父さん、畑で倒れて、山梨○○病院に運ばれたのよ。心筋梗塞《しんきんこうそく》ですって。処置が早かったからよかったけど。お隣の水島さんって方が電話をくれたのよ。お母さんに

も電話したけど、出なかったみたいで。勝手口が開いていたから中に入って、冷蔵庫に貼《は》ってあったわたしの連絡先を見たんですって。機転のきく人よね。水島さんが見つけて救急車を呼んでくれなかったら、お父さんはいまごろ……」

7

公的年金の受給資格を得てから、丸一年がたった。収入が二倍になったからといって、久子はパートの仕事を辞めてはいない。暮らしぶりもそれまでと変わらず質素《しっそ》にし、一人の自由気ままさを満喫していた。

郵便局に振り込まれた年金を引き出したその足で、久子は待ち合わせ場所に向かった。都内のホテルのティーラウンジである。

予定より三十分ほど早く行って、一人きりの優雅な時間を過ごすことにした。運ばれてきたダージリンティーを飲みながら、離婚してから今日までを顧《かえり》みる。

畑で倒れて病院に運ばれた吉雄は、軽い心筋梗塞と診断され、一週間ほど入院したのちに退院できた。移住してきてから何度も健康診断を受けることを勧めたのに、頑《がん》固《こ》な夫は「こんな健康的な環境に越してきたんだ。大丈夫だ」と言って、一度も受けなかったのだ。

吉雄が「そのこと」を問題にしたのは、通院していた病院の担当医から「無理をしない範囲ならもう畑に出てもいいですよ」と、許可をもらった直後だった。

「一日ごまかして、浮気していたんだろう。正直に言え」

と、ある日の朝食後、いきなり詰問《きつもん》された。

「何のこと？　あなたが倒れたときのことを言っているのなら、違うわ。映美にも話したけど、高円寺の文恵さんの家にお焼香に行ったのよ」

「死んだ女友達の亭主と遅くまで飲んで、そして、一緒にホテルに行ったんだろう。後ろめたいから、スマホも見ないようにして」

「バカみたい。文恵さんのご主人に聞いてみればいいじゃない」

「どうせ、ごまかされるだけさ」

「信じてくれないのね？」

「大体、用もないのに何で東京の高いホテルに泊まる必要がある」

「一人になりたかったからよ。映美のところでぐったり疲れて、休みたかったし」

「何で一人になりたいんだ。うちに帰って休めばいいじゃないか」

「家とは違う空間で息抜きがしたかったのよ」

と、吉雄は皮肉っぽく笑った。「夫以外の男と過ごすのが息抜きってわけか」

「息抜きか」

久子は、もう何を言っても無駄だ、と悟った。夫がこんなに嫉妬深い男だとは思わなかった。そして、価値観の違いも一層浮き彫《ぼ》りになったと思った。

その直後、吉雄が離婚を切り出してきた。久子は、あっさりと受け入れた。それでも、「おまえの浮気が原因だからな」と決めつけられたのには納得がいかず、「弁護士を立てて、浮気じゃないという証明をしてもらうわ」と反駁《はんばく》すると、夫は「浮気を疑われても不思議ではない行動をとり、配偶者に不信感を抱かせたから」と譲歩《じょうほ》した。離婚時の条件として、公的年金の分割だけを提示し、結婚生活の中で蓄えた自分名義の貯金を持って、久子は山梨の家を出たのだった。

「お待たせしました」

明るい声がして、離婚から今日までを振り返っていた久子は、顔を上げた。

真由子だった。

「ご結婚おめでとう」

と、久子は言った。山梨の家を去る日、隣家の前で静かに見送ってくれた真由子に小さく手を振ってから、一度も彼女とは会っていない。だから、祝福の言葉ももちろん直接には伝えていない。彼女とのやり取りはすべてメールで、しかも送受信したあとに双方ともに消去することに決めている。

「ありがとう」

真由子は朗《ほが》らかに受けて、久子の前に座った。ボーイに「わたしも同じものを」と注文してから、「元気だった？」と久子に聞いた。

「ご覧のとおり」

久子が両手を広げてみせると、「わたしも」と真由子が言って、楽しそうに肩をすくめた。そんなしぐさもやっぱり色っぽい。

「ご主人はいかが？」

元夫である高瀬吉雄のことだ。

「変わりないわ」と、真由子。

「体調は？」

「定期的に通院していて薬も服用しているけど、担当医には、『次に大きな発作《ほっさ》を起こしたら危ない』って言われているわ」

「そう」

久子は、元夫が胸を押さえて畑に倒れ込む姿を想像してうなずくと、質問を向けた。

「やっぱり、同じ屋根の下に話し相手がいると楽しい？」

「人によるわね」

そう答えて、真由子はくすりと笑った。「女同士のほうが話も弾んで、百倍も楽しいわ」

「わたしは、もう少し一人暮らしを楽しみたいかな」

「了解」

真由子は、運ばれてきたダージリンティーに口をつけると、言葉を重ねた。「わたしは……そうね、あと二年が限界かな」

「あと二年で……」

そのあとの言葉をさすがに続ける勇気がなくて、久子は言葉をとぎらせた。頭の中ではめまぐるしく想像を巡らせていた。

――栄養士の真由子は、何をどれだけの分量食べさせたら、血糖値が上がるか、血圧が上がるか、心臓に負担がかかるか、心得ているはずだ。

――いまは法律が変わって、妻の居住権が認められるようになっている。夫が死んでも、真由子はあの家に住み続けられるだろう。

――真由子が遺産相続で慎吾と映美ともめたら、隣の彼女名義の家を売った代金から二人に分け与えればいい。

――念が強いという真由子が「消えて、消えて」と、ひたすら念じ続ければ、そのうちきっと……。

いろんな計算が脳裏を飛び交《か》っている。高瀬吉雄が亡くなれば、妻の真由子には遺族年金が入ってくる。

「そうそう、あの台所、久子さん仕様になっててわたしには使いにくいわ」

真由子の言葉で、久子は我に返った。

「だから、やっぱり、二年も我慢できない。ねえ、一日も早くあの家で女二人、仲よく暮らしましょうよ」

真由子は、子供が駄々《だだ》をこねるように上半身を揺すって言った。

――すべてこうなることを計算していたのではないか。たとえば、マロンの死も彼女が……。

そんな真由子の姿を見て、ちらりとその考えが頭をよぎったが、ううん、それは考えすぎよね、と即座に打ち消した。

「そうね。わたしたちの輝かしいセカンドライフのためにも」

久子は、笑顔で応じた。

三十一文字《みそひともじ》

1

洋次《ようじ》が廊下に出るなり、有子《ゆうこ》は、テーブルに置かれた新聞を取り上げた。中ほどのページを開いて、ある名前を探す。

満開の桜の下をくぐり来てすこし狂ひし腕時計かな　　川越市　尾木悠子《おぎゆうこ》

──やっぱり、あった。

洋次の前妻が作った短歌が、けさ配達された朝刊の「歌壇・俳壇」欄に掲載《けいさい》されている。朝食のときに新聞を広げるのが夫の習慣になっているが、彼の表情がある箇所《かしょ》でわずかに険《けわ》しくなったのを、有子は見逃さなかったのだ。

選者の歌人の選評が載《の》っている。

――満開の桜には魔力にも似た不思議な力が宿っていると言われている。その魔力が時計の針をも進ませたのか、遅らせたのか。あるいはもともと狂っていたのに、作者が気づかなかっただけなのか。桜の花が目に染み入るような一首である。

有子は、心の中でその歌をリズムをつけて繰り返し読んだ。うまい、と思った。選ばれるだけある。

「載っていたわね」

洗面所から戻ってきた洋次に、有子は話しかけた。

「あ……ああ」

誰の何が、を省《はぶ》いても、洋次にはすぐに通じた。

「これで何度目かしら」

「四回目くらいかな」

視線を合わせずに、洋次は答える。

六回目よ、と心の中で有子は訂正《ていせい》する。

「相変わらず、尾木悠子の名前で投稿しているのね」

「ペンネームみたいなものなんだろう。彼女、短歌は昔から趣味でやっていたからね」

と、やはり、視線をそらして洋次は続けた。

洋次の前妻の戸籍名は、佐藤《さとう》悠子である。十年前に離婚して旧姓に戻したのだ。けれども、短歌を投稿するときは離婚前の名前、尾木悠子を使っている。姓が変わることによって「歌人」としてのキャリアが断絶してしまい、評価にも影響するからというような理由があるのかもしれないが、洋次と再婚して七年になる有子としてはおもしろくない。しかも、漢字は違うとはいえ、名前の読みは同じ「ゆうこ」なのである。意識するなと言うほうが無理なのだ。

「ああ、今日の混声、君も行ってみる？」

元妻のことから話題を転じて、洋次が明るい声で誘ってきた。市内にシニア世代を中心に活動している混声サークルがあり、先週、洋次は「体験入学」してきたのだった。

朝食後、町内を三十分ほどウォーキングしてから自宅に戻ってシャワーを浴び、それから午前中のサークル活動に出かける。それが、六十四歳になる定年退職後の洋次の日課である。最初は、朝のウォーキングにつき合っていた有子だったが、歩道の段差を踏みはずして足首を捻挫《ねんざ》してから億劫《おっくう》になり、ウォーキングはやめて、週に一度ヨガ教室に通うだけにした。

一方、洋次は、囲碁《いご》、男の料理、絵手紙、と自治体で開催している生涯学習の講座にいそいそと出かけていく。健康維持のためにと、ゴルフの練習場とプールにも定期的に通っている。近隣で開かれる講演会や趣味の落語会などにも、チラシを目にすれば、必ず申し込んで参加する。

「わたしはパスするわ。喉《のど》の調子があんまりよくないから」

「わかった。じゃあ」

しつこく勧誘するそぶりも見せずに、「ああ、今日は、あっちのサウナで汗を流してくる」と言い添えて、洋次はいつものように着替えやタオルの入ったリュックを持って外出した。

有子は一人になると、コーヒーを温め直してダイニングテーブルに座った。傍《かたわ》らには読みかけの本がある。図書館から借りてきたものだ。十日に一度の割合で、洋次と一緒に市内の図書館に行くのも夫婦の日課になっている。居間のソファだとつい正面のテレビをつけてしまうので、読書をしたり、何か書き物をしたりするときは、ダイニングテーブルの定位置でと決めている。

本を開いて活字を目で追い始めたものの、集中できずに閉じた。さっき見た「尾木悠子」の短歌が頭から離れない。有子は、食器棚の隅に設けられた本棚から一冊のノートを引き抜くと、テーブルに広げた。白いページが現れる。シャープペンシルを手にして、しばらく頭の中で単語をこねくり回していたが、何も形になって出てこない。

——わたしには才能がないのかしら。

有子が作ろうとしているのは、俳句だった。夫の前妻が短歌ならわたしは俳句で、と対抗心を抱《いだ》いたわけではないが、先日、夫が不在のときにつけたテレビで「初心者にも作れる俳句」という特集をやっていて、興味を持ったのだ。

短歌は三十一文字の世界だが、俳句は十七文字。少ない字数だから短歌より作るのは簡単だろう、と思ったのが間違いだった。はなから季語で躓《つまず》き、一歩も前に進めなくなった。

無駄な作業に時間を費やすより、読書のほうが効率的だ。そう思い直して、ふたたび読書に戻った。が、やはり集中できない。

「趣味は何ですか?」と問われたら、「読書と映画鑑賞です」と答えていた有子だが、頭で考え、展開を読んで碁を打ったり、図案を考え、色を選んで紙に描いたりする洋次の趣味に比べると、自分の趣味は何も生み出さない。誰かが書いた本を読み、誰かが演じるスクリーンを見つめるだけでは、趣味といっても受動的であり、非生産的な感じがする。それで、少しでも生産的な趣味を、と俳句に目をつけたのだが、うまい句が浮かばない。稚拙《ちせつ》な句は作れても、新聞に投稿して掲載されるレベルの句は、どうやっても捻《ひね》り出せないのである。ハイレベルの句を作らなければ、という意気込みがかえってプレッシャーとなって、ひたすら指を折るだけの作業に終わってしまうのかもしれない。

創作は諦《あきら》めて、ノートの終わりのほうのページを開く。

麦秋の空に消えゆく口笛はひと足先に明日へ届く
井戸の底のぞいてみれば耳奥に去年の夏の蟬時雨《せみしぐれ》かな
炎天に人影のなき城下町丸きポストの実直に立つ
凪が息をとめてをりけり草陰に揚羽蝶《あげはちょう》来てとまる一瞬
耕《たが》せる人のみるみる遠くなる列車の窓につきし頰杖《ほおづえ》

いままでに「尾木悠子」名で新聞に掲載された短歌を、有子はノートに書き写していた。選者の評をもらった歌もあれば、もらわなかった歌もある。「尾木悠子」こと佐藤悠子は、ほかの新聞にも投稿している可能性も考えられるから、入選した歌はこれ以外にもたくさんあるのかもしれない。しかし、少なくとも今日の入選作を含めて六首に共通して詠《うた》われているのは、移ろう季節の情景である。何げない日常の風景をこんなふうに的確に切り取って表現できる彼女の才能を、いままで有子は羨《うらや》むというより妬《ねた》んでいたが、俳句作りに行き詰まった以上、逆立《さかだ》ちしても太刀《たち》打ちできない、と白旗を揚《あ》げるしかない。

洋次と同い年の悠子は、中学校で国語を教える教師だったというから、短歌を趣味にしていても不思議ではない。離婚したとき、二人には社会人になった長男とまだ大学生の次男がいたが、離婚の理由が「一人になって、自分の道を歩みたい」という妻の側からの「卒婚」とも呼べるようなものだったせいか、財産分与のみで慰謝料《いしゃりょう》などは発生せず、洋次の負担は次男への学費の一部だけだったという。大手の証券会社の管理職に就《つ》いていた洋次にとって、五十代半ばでの熟年離婚が仕事に影響することはなかったのだろう。

――もうあちらの悠子さんと同じ土俵では闘《たたか》わない。

有子は、自嘲《じちょう》ぎみにそう決心した。

「仕事を辞めないほうがよかったのかしら」

白旗を揚げたら、思わず後悔の言葉が口からこぼれ出た。

去年、有子は、大学卒業後三十年あまり勤めていた役所を退職した。夫の定年退職に合わせた形だった。

「定年退職したら、世界一周クルーズ旅行するのがぼくの夢なんだ。君もどう？」

洋次が切り出したのは、一昨年のことである。

「世界一周って、どのくらいの期間？」

「百日くらいかな。大体三か月だね」

「そんなに長い休みは、役所を辞めないかぎりとれないわ」

結婚するときに年齢差が八歳あり、互いの定年年齢に開きがあるのはわかっていたことだったが、洋次からそう提案されて、有子は困惑した。公務員として最後まで仕事をまっとうするのが、五十間近まで独身を通してきた自分の目標だったし、結婚するまで同居していた実家の両親の望みでもあったからだ。したがって、最初は、夫の定年に合わせて退職するつもりなどなかった。せいぜい八日程度のクルーズ旅行につき合おう、と考えていた。

ところが、夫の続けた言葉に気持ちがぐらついた。

「何年も先にとなると、君の両親の介護問題も生じてくる。二人とも比較的元気ないまのうちがいちばんいいかな、と思ってね」

洋次の両親は、すでに他界していた。有子の両親はともに八十代で、糖尿病の持病がある父親は、数年前に膝に人工関節を入れる手術のために入院したが、現在は夫婦で助け合って実家で暮らしている。しかし、いつまた体調を崩すかわからない、と有子は一人娘として気を揉《も》んでいるのだ。父は外出時には杖を使うこともあるが、家の中では手すりを使って自由に移動できている。そして、二人とも頭はまだしっかりしている。長期で旅行をするとなれば、時期的にいまが最適なのは洋次の言うとおりである。

さらには、昨年の春の人事で、健康福祉部の子育て支援課に異動になったことが、退職を決意させることへとつながった。課長補佐職に就いた有子は、言葉のきつい男性課長の下で心身に不調をきたした。「晩婚で子供もいない彼女をうちの課に回してよこすなんてね」という陰口《かげぐち》が耳に入るに至って、ひどい胃痛で登庁できなくなった。「身体《からだ》が悲鳴を上げているんだよ。少し休職したほうがよくないか？」と洋次に勧められて、いっそのこと、と定年まで五年残しての退職を決意したのだった。

そして、去年、晴れて自由の身となった有子は、洋次の念願だった世界一周クルーズ旅行に同行した。乗客数七百二十名、乗組員数三百五十名という規模の豪華客船に乗って、横浜港から出航し、シンガポール、コロンボと回って、紅海とスエズ運河を通り、ヴェニス、タオルミナ、ナポリ、バルセロナ、リスボンと名立たる観光都市に立ち寄ったのちにルーアンへ行き、北欧のいくつかの都市を経由したあと、大西洋を航行してアメリカ大陸を目指す。ケベックからニューヨークへ行き、パナマ運河を渡って、アカプルコからサンフランシスコへ。太平洋をホノルル経由で航行して、日付変更線を越えて横浜港に戻る、というルートである。

船内にはフレンチレストランや日本食レストランのほかにカフェやバーもあり、ダンスホールやシアターも、プールやフィットネスジムやサウナもある。エステや美容室やネイルサロン、診療室やランドリー、ショッピングセンターまで完備されていて、まるで一つの街が船内におさまって移動しているようだった。

しかし、もの珍しさに目を輝かせて船内を散策してみたものの、有子は三日で飽きてしまった。確かに、有名シェフや料理長の作るフレンチや和食はおいしかったが、三日も続くと食傷ぎみになってくる。酒が飲めない体質だから、食後にバーでカクテルを楽しむ習慣にはなじめない。学生時代から変わらずおかっぱ頭——現在ではショートボブと称しているが——で、美容室で髪を巻いてもらったり、ブロウしてもらったりする必要もない。エステやネイルなどの美容やおしゃれにも関心がわかない性分なので、時間を潰《つぶ》すとなると、ホールでピアノ演奏やシャンソンを聴いたり、シアターで映画を観《み》たりすることくらいだが、映画も一日に続けて何本も観るとさすがに目が疲れてしまう。

一方、多趣味の洋次は、フィットネスジムで汗を流したり、プールで泳いだりと活動的で、一秒たりとも船室でじっとしていることがない。カードゲームやチェスに興じたりもするから、日本人以外の異国の友達もできて、彼らとバーで飲む機会も多くなる。映画も好きで有子につき合って観るものの、やはり一日一本が限度である。読書好きな有子は、一人で船室やラウンジで本を読んで過ごすのを寂しくは感じなかったが、活字を見る時間が長くなるとやはり眼精疲労が増す。

もっとも、寄港地で上陸し、バスに乗り込んでの観光地巡りは楽しかった。けれども、どの都市も滞在時間は短く、あわただしく観光と買い物を済ませて、出航時間までに船に戻らなければいけない。

何よりもつらかったのは、クルーズを体験してみて、自分が船酔いしやすい体質だと気づいたことだった。「大型船だし、全然揺れないから大丈夫」と聞かされていたのに、大西洋をルーアンへ向かって航行中、船腹を叩く大波の衝撃で室内のドアが開くほどの激しい揺れに襲われて、立っていられなくなり、胃の中のものを全部戻してしまった。

——これなら、飛行機で直接目的地に行って、ホテルに宿泊して長い期間観光したほうが、どんなに効率的で身体がラクなことか。

旅行を終えて内心で抱いた感想を察したのだろう、「クルーズはもう少し年をとってからでもよかったな」と、洋次は苦笑しながら有子に言った。とにもかくにも、世界一周クルーズ旅行という夢を実現させて満足した洋次は、「次は、キャンピングカーでの旅だな」と、新たな夢に向かって日々身体を鍛《きた》えている。

まるでページが進まない本から視線を上げて壁の時計を見ると、昼まで一時間だ。ふと、今日が水曜日であることに気づいた。仕事を辞めてから、曜日の感覚が希薄になっている。カレンダーの今日の日付に丸印がついている。父親の史雄《ふみお》がデイサービスを受ける日だ。

有子は、母親とランチをするためにしたくをして家を出た。

2

「本当に、こんな何の変哲《へんてつ》もないお弁当でよかったの？」

と、有子は食卓を見て言った。実家に来る途中の駅構内の弁当店で購入した幕の内弁当が二つ、テーブルに置かれている。

「うちのほうが落ち着くのよ」

と、緑茶の入った湯飲みを弁当の横にそれぞれ置くと、順子《じゅんこ》は娘の前に座った。

「たまには、お母さんにも外で息抜きさせてあげようと思ったのに」

「充分息抜きしているわよ」

順子は、夫のいない空間を確認するように部屋を見回した。

史雄がデイサービスを受けているあいだ、順子をイタリアンレストランに連れ出そうと駅から電話をしたが、「何か買ってきてちょうだい。うちで一緒に食べましょうよ」と、順子は外食を断わったのだった。夫の介護を他人に委《ゆだ》ねて自分が羽を伸ばすことに後ろめたさがあるのだろう、と有子は解釈した。しかし、高血糖を避けるための食事作りに毎日気を配っている順子に、息抜きする暇などないのはわかっている。

「洋次さんは、今日は？」

弁当に箸《はし》をつけながら、順子が聞く。

「混声サークルの体験入学のあと、プールで泳ぐと言ってたわ。それからサウナに入って、本屋にも寄ってくると思うから、帰りは夕飯の前かな。お父さんより遅いかも」

　週二回利用しているデイサービスは昼食と送迎つきで、夕方五時には事業所の車で自宅まで送り届けてくれる。入浴のサービスもある。

「お昼ご飯はどうするの？」

「どこかで食べるに決まってるじゃない」

「気にならないの？」

「気になんてならないわよ。お母さんたちとは違うもの」

「そう」

　羨ましそうな表情も見せずに、順子はさらりと流そうとする。

「洋次さんは、お父さんとは違って自立した人なの。料理はわたしより上手なくらいだし、趣味もたくさんあって、時間の使い方がとてもうまい人なのよ」

「でも、あなたたち、その趣味があんまり合わないんでしょう？」

「えっ？」

「ほら、クルーズ旅行も有子は存分に楽しんだ雰囲気じゃなかったから」

「それは、まあ、ひどい船酔いをしたからね」

　有子の口ぶりは重くなった。父の留守を狙《ねら》って旅行みやげを届けにきたとき、報告の口調が弾んだものではなかったのに気づかれたようだ。

「昔から有子は、一人で静かに本を読むのが好きな子だったから。泳ぎも得意じゃなかったしね」

「いいのよ。わたしたちは、お互いの好みを尊重して、干渉《かんしょう》し合わない、そういう夫婦だから」

「洋次さんは、自立した人で、料理も上手。だから、前の奥さんも心おきなく離婚ができたってわけね」

「ああ……まあね」

「だったら、別に再婚する必要もなかったのに」

皮肉で切り返されて、有子はちょっと憤慨《ふんがい》した。史雄とは違って、最終的には「やっぱり、娘が幸せでいるのがいちばん」と、結婚に賛成してくれた順子である。けれども、有子が実家を出て夫婦だけで暮らしているうちに、娘婿《むすめむこ》の悪口を言う夫に多少感化されたのかもしれない。

——結婚するまで、実家に長く居すぎたんだわ。

有子は改めて、両親と実家で暮らした長い歳月を振り返った。有子自身、一生、両親のもとにいて独身を貫《つらぬ》き通すだろう、と思っていたのだった。

「あら、別にいいのよ。有子がいま幸せなら。だけど、仕事を辞めてからのあなたは、何だか魂が抜けたみたいに見えるから」

黙ってしまった娘に苦笑して、順子はまた箸を動かした。

――そうかもしれない。

有子の脳裏に、「結婚を考えている人がいるの」と、ここで両親に切り出したときの情景が浮かんだ。「どういう相手だ」と問われて、離婚歴のある二人成人した子供のいる八歳年上の男だと答えた途端、史雄の顔色が変わったのだった。

「よりによって、何でそんな条件の悪い男と結婚するんだ」

「条件で決めないで。会ってもいないのに」

「連れてこなくてもいい。それだけ聞けばわかる」

「お父さん、いちおう会ってみましょうよ。会ってみなければわからないじゃない」

と、色をなした父を母がとりなしてくれたが、

「定年まであと何年もないような男と結婚だと？　しかも、相手は再婚じゃないか。何で自分を安売りしなくちゃいけないんだ。おまえにはプライドってものがないのか。情けない」

と、声を荒らげて言い捨てるなり、史雄は席を立って別室へ行ってしまった。

「お父さん、有子のことがかわいくてたまらないのよ。実際は四十九にもなるのに、まだお父さんの頭の中では二十代の娘みたいな感覚でいるんだわ。だから、相手がバツイチで子供がいて、五十七歳と聞いただけで、びっくりしちゃったのよ。時間がたって冷静になったら、会う気になってくれると思うわ」

「お母さんは、反対しないの?」

「それは……会ってみないとわからないけど、あなたが選んだ人ならね。だけど、四十九歳まで一人でやってきて、公務員って堅実な仕事にも就いていて、なぜいまさら? とは確かに思うわね。ほら、有子、つい何年か前まで、笑いながら言ってたじゃない。『お父さんもお母さんも、足腰が立たなくなっても、寝たきりになっても、大丈夫、任せといて。わたしがしっかり面倒見るから』って。だから、何だかずっとここで一緒に暮らしてくれるもの、と思い込んでしまっていたのね。わたしがそうだから、お父さんはなおさら……」

順子の目が潤《うる》んできたので、

「一人娘だもの、お父さんとお母さんのことは最後までわたしが責任持って面倒を見る。いまだって、その気持ちに変わりはないわ」

と強調すると、

「お父さんにとって、あなたは自慢の娘だから。二十代、三十代のときだったらいざ知らず、五十近くになって誰かに奪われるなんて許せないのかもしれない。ずっと手元に置きたかったのよ」

　順子は、また夫の肩を持ち始めた。長年連れ添った夫と手塩にかけた一人娘のあいだで、心が揺れているのだろう。

　有子は、親の言うことをよく聞くまじめな子供だった、とわれながら思っている。

——お父さんは、高卒で会社に入ってかなり苦労した。学歴は大切だ。おまえには大学まで行かせる。だから、しっかり勉強するんだぞ。

——一人っ子だから手に職をつけさせたいわ。

——とりたてて進みたい道が見つからないのだったら、公務員のような堅実な仕事に就くのもいいかもしれない。

——できれば、家の近くの職場がいいわね。

　父にも母にもそう言われ続けて、そういう道に進むのが最適だ、といつしか有子も考えるようになった。そして、一生懸命勉強して、埼玉県内の国立大学を卒業後、地元の市役所の採用試験を受け、高い倍率を勝ち抜いて公務員職に就いた。

　自分の夢を叶《かな》えたと思っていたが、結果的には両親の夢を叶えてあげたのではなかったか……。

勤め始めてすぐに、〈本当に自分がしたかった仕事なのかしら〉と疑問に感じたこともあったが、転勤もない職場で、地味なルーティンワークを一つ一つていねいにこなすのは、勤勉な有子の性格に合っていた。

起床したら朝食ができていて、残業で帰宅しても夕飯が用意されており、その上母親がお弁当まで作ってくれる。そんな実家暮らしは至極快適だった。職場までは近くて、自転車で通勤できる。休日には、家族三人で買い物や映画に出かけたり、近場にドライブしたりした。何をするにも三人一緒だった。泊まりの旅行にもよく車で出かけた。最初は史雄が運転していたが、史雄が定年退職して何年かたつと、主たる運転手は有子に変わった。史雄と順子の共通の趣味がガーデニングや家庭菜園になり、休みの日に郊外のホームセンターに買い物に行く必要が生じると、有子が率先《そっせん》して車を出した。

いつも三人一緒に行動するのがあたりまえになっていたせいか、休日に家族以外の誰かとどこかへ行くという発想が頭に浮かばなくなった。父にはもとより、母にも「あなたも年ごろだし、そろそろ……」と、言われたことは一度もなかった。男女の出会いの少ない職場だったし、公務員という仕事柄、小中学校時代の知り合いに緩んだ姿勢は見せられないと気が張っていたせいだろうか、男性に声をかけられる機会もないままに、気がついたら四十歳も間近に迫っていた。

四十歳になってはじめて、

「あなたにはお父さんが建てたこの家があるし、何よりも公務員という安定した仕事がある。わたしたちがいなくなっても、ここでこのまま一人で暮らしていけるわね」

と、面と向かって母に言われた。「お父さんもわたしも、できるだけあなたのお世話にならないようにするわ。堅実に暮らしてきたから、それなりに蓄《たくわ》えもあるし、年金もあるから心配しないで」と続けたあと、「お父さんも同じ考えよ」と母は言い添えた。

その言葉に、有子は大きくうなずいた。その時点では、有子もそのつもりだったのだから。

それだけに、五十歳を目前にして、その一人娘に「結婚を考えている人がいるの」と切り出されて、史雄も順子も大きなショックを受けたに違いない。裏切られたような気持ちになったのだろう。

「有子、あなたはまだ何か仕事をしたいんじゃないの？」

順子に聞かれて、七年前のできごとを想起していた有子は我に返った。

そうなのだろうか、と有子は自問して、「公務員を辞めちゃったのよ。いまさらどんな仕事をすればいいの？」と聞き返した。

「それはわたしもわからないけど、あなたの場合、仕事そのものが趣味、そんな感じがするのよ」

――仕事そのものが趣味。

順子の言葉に、有子はハッと胸をつかれた。的を射ているかもしれない、と思った。だから、市役所を辞めてからずっと、何をやっても満たされず、胸の中で何かがくすぶっているような感覚を抱き続けてきたのかもしれない。

趣味人の洋次や、短歌を新聞に投稿し続ける悠子に刺激されて、自分も何か夢中になれる趣味を探そうと努めてきたが、見つからないままではないか。

「洋次さんの夕飯の心配をしないでいいのなら、あなたもどう？　今日はうちで一緒に食べていかない？」

黙《だま》っている娘を気遣ったのか、順子が柔らかい口調で誘ってきた。

「遠慮しとくわ」

だが、有子は即答で断わった。父と一緒の食事が楽しいはずがない。

「まだこだわってるの？」

順子がため息をつく。

「そういうわけじゃないけど……」

言葉を濁して、有子はかぶりを振った。

——そんな男と結婚するのなら、この家の敷居《しきい》はまたぐな。いいな。

七年前に父にぶつけられたその言葉が、いまだに有子の鼓膜《こまく》に張りついている。それ以来、電車に乗って自宅から十五分の距離なのに、父の留守のときしか実家に行くことはない。史雄が膝の手術で入院したときは、いちおう夫婦で見舞いには行ったが、ベッドの上の史雄はひとことも有子と言葉を交《か》わそうとしなかったし、洋次が挨拶《あいさつ》しても顔を振り向けようともしなかった。

「ごめんなさいね。うちの父ってひどく頑固な男なのよ」

見舞いのあとで洋次が気の毒になって、そう言い訳すると、

「年齢を重ねれば、人間は丸くなるって言うだろう。そのうち気持ちもほぐれるさ」

と、洋次は意に介さずに、「長期戦だ」とつけ加えて笑った。

しかし、何年たっても史雄は丸くなりそうにない。

「お父さんも最近は角が取れてきたのよ」

何年たっても丸くなりそうにない、などと思っていた有子に、順子が真逆な状況を

告げた。「膝の手術をしてから、体力的に自信をなくしたみたいでね。高血圧で高血糖でしょう？　このところ食が細くなって、せっかくわたしが苦労して作った料理を半分も残すようになってね」

「そうなの？」

父親と顔を合わせないようにしてきたから、そうした変化に気づきようがなかった。

「だから、あなたもいい加減、お父さんと和解したら？　二人とも似た者親子で、どちらも強情《ごうじょう》なところがあるのよね」

「そんなことはないよ。わたしはただ、お父さんがいるときを避けているだけで」

体力的に弱ってきたらしい父のことは気になったが、結局、その日も有子は史雄に会わないままに実家を辞去《じきょ》した。

3

実家を出た有子は、駅とは反対方向に位置する市役所に向かって歩いてみた。晴れた日は自転車で、雨の日は車で職場まで通ったものだ。都心まで四十分のベッドタウンとはいえ、住宅街が途切れると、両側に広がるのはのどかな田園風景である。

農道から県道へ出るところに押しボタン式の信号機が設置されている。その信号機の根元に黄色い花束がくくりつけられているのに、有子は気づいた。

七年前の春、県道の入り口近くで死亡事故が起きている。有子は、供《そな》えられた花に手を合わせてから視線を上げた。以前、そこには事故の目撃者を探す立て看板があった。いつ撤去されたのだろう。撤去されたあとも事故を知る誰かが、事故現場近くに花を欠かさず手向《たむ》けているのだろうか。あるいは、遺族の手によるものかもしれない。

自転車に乗って通学途中の当時十六歳の女子高校生が、ひき逃げに遭《あ》って命を落としたのである。彼女をはねてそのまま逃げたと思われる車は、まだ見つかっていない。人家もまばらでコンビニもない場所ゆえに、周辺一帯に防犯カメラなどは設置されていなかった。しかも、その朝寝坊した女子高校生は、いつもの通学時間帯をはずれていたので、通行人はもとより行き交う車両はまばらで、目撃者がいなかったのである。

反対に、その日、有子はいつもより早めに自転車で出勤した。会議に使う資料の整理があったからだった。それがなければ、自分の通勤時間は女子高校生の通学時間にぴったり重なっていたのだ。

――一歩間違ったら、ひき逃げに遭って命を落としたのは、あの少女ではなく、わたしだったかもしれない。

恐怖に駆られた有子は、それからしばらくは同じルートを通らずに遠回りして通勤した。

そんなときに出会ったのが、洋次だった。有子が責任者になって企画した地域おこしのシンポジウムに、洋次が申し込んで出席したのだ。市内在住以外の住人の参加も受け付けたシンポジウムだった。

終了後、ホールでアンケート用紙を回収していた有子のもとに、「遅くなってすみません」と、一人の男が用紙を手に駆け寄ってきた。大半の聴衆が帰って、場内はまばらな状態になっていた。「細かく書いていたら、こんなに遅くなってしまって」と、その男性は微笑《ほほえ》んだ。男性が去ってから、何げなくアンケート用紙を広げると、細かい字でびっしりと感想や意見などが書き込まれていた。そして、「差し支《つか》えなければお名前や連絡先をお願いします」とある箇所に、大半の出席者は無記名なのに、きちんと「尾木洋次」という名前と電話番号が記入してあった。

尾木洋次が書いた意見の中には、感心させられるものが多かった。地域おこしのイベントに関して彼なりのキャリアを生かした独自のアイディアなども書かれていて、ぜひ次回のイベントの企画に活用したいと有子は思った。それで、市民アドバイザーの一人として、次のシンポジウムの意見を求めるために連絡し、市役所の会議室で会ったのだった。

　資料を広げて説明を始めたとき、突然、テーブルが大きく揺れた。地震だ、と悟《さと》った瞬間、身体が硬直した。先日の自転車事故の恐怖がよみがえり、顔も青ざめたのだろう。「大丈夫ですか？」と、洋次に声をかけられて、有子が「地震は大嫌いなんです」と返すと、「地震、怖いですよね」と、洋次も応じてくれた。

　そのひとことで、大きな安心感が得られた。有子は、楽しいことや嬉《うれ》しいことだけでなく、怖いことや不安なことを分かち合う喜びを学んだように感じた。「怖かった」と言えば、「そうだね、怖かったね」と、返してくれる人が傍《かたわ》らにいてくれるありがたさを痛感したのだ。

　それが、結婚を意識するきっかけとなったのかもしれない。その次の打ち合わせで洋次に「個人的に交際してくれませんか？」と申し込まれると、ためらわずに「はい」と答えた。彼の視野の広さと好奇心の強さにも惹《ひ》かれていた。そして、周囲も驚くほどの早さで、二人は結婚した。

　洋次との出会いを心の中で思い起こしながら、有子はもう一度花束に手を合わせた。ひき逃げ――道路交通法違反の時効は、法律の改正で七年に延長されたはずである。そして、自動車運転過失致死罪の時効も十年に延長された。

——時効が成立する前に、ひき逃げ犯が捕まってほしい。

有子はそう祈って、事故現場をあとにした。

4

居間のソファでハイボールを飲みながら洋次が切り出したとき、有子はまだひき逃げ事件のことを考えていた。洋次は、週に何度か夕食のあとに居間に場所を変えて晩《ばん》酌《しゃく》をする習慣がある。

「もう七年か」

「そろそろお義父《とう》さんの気持ちもほぐれたころかな」

「ああ……そっちのほうね」

結婚して七年。そろそろ娘婿を受け入れてくれるころではないか、という意味だろう。拍子抜けしたようになって、「どうかしら。まだだめじゃないかしら」と返して、有子は肩をすくめた。「膝の手術のときだって、お見舞いに行った洋次さんの顔を見ようともしなかったでしょう?」

「だけど、『帰れ』とも怒鳴《どな》られなかったよ」

と、洋次は涼しい顔で切り返す。「元気なころなら、それこそお義父さんに怒鳴られただろうね。大事な娘をさらった憎い野郎としてね。でも、やっぱり、人間、年をとると少しずつ丸くなるんだよ。死が近づいてくるから気弱になるのかもしれない」

「そうね。もう八十六歳だものね」

　父親の頑固ぶりにも時効があってほしい。昼間の順子との会話を思い出して、有子は、順子から聞いた最近の史雄の様子を洋次に伝えた。

「ほら、やっぱり、身体も心も年齢なりに弱っているんだよ。どうだろう。お父さんをドライブに誘ってみようか。一緒に住んでいたころは、よく三人であちこち車で出かけたんだろう？」

「ええ。でも、膝の手術をしてから、車の乗り降りが大儀そうで。デイサービスのときは、プロが介助してくれるから安心だけど。それに、お父さん、デイサービスに行く以外は外に出たがらないのよ」

「それじゃ、いっそのこと、ぼくたちが押しかけようか」

「顔を合わせて話すの？　気まずくない？」

「お義父さん、ガーデニングや家庭菜園のほかに、囲碁が趣味だったんだろう？」

「定年退職したあと囲碁教室に通っていたわね」

膝を悪くしてから、ガーデニングや家庭菜園はやめてしまっていた。

「お義父さんと一局交えようかな」

洋次は言って、意味ありげな笑いを口元に浮かべた。「囲碁講座に通って、こっちもだいぶ腕を磨いたからね。そろそろその腕を試したいと思って」

「洋次さん……」

生涯学習の囲碁講座に通っていたのは、史雄と対局するためだったのか。有子は、感激のあまり胸が熱くなった。

「だけど、いきなり囲碁で対戦は、やっぱり、まずいな。段階を踏んだほうがいいかもしれない」

何かを企《たくら》むような目をして、洋次が言った。

「まずは、一緒に食事をしてみる?」

そう提案したものの、四人で食卓を囲む場面を想像して、有子は気が重くなった。

「お父さん、ブスッとしているだけで何もしゃべらないと思う。食も最近細くなったっていうし」

「最初は、用事を作って訪問するだけにしよう。そこから始めて家に上がってお茶を飲んで、それからみんなで食卓を囲んで、そしていずれは碁盤を挟んで対局する。そういう筋書きはどう?」

「いいんじゃない……」

言いかけて、ハッと閃《ひらめ》いた。洋次の郷里は仙台で、実家は洋次の兄の代にかわっているが、来月、そこで父親の七回忌の法要が執《と》り行われる。

同じことを思いついたらしく、洋次も顔を明るくさせて、「七回忌の帰り、仙台みやげを届けに行こうか」と言った。

5

あれは、有子が三十代半ばのころだったか。有子の運転で、東北地方へ家族旅行に出かけたことがあった。仙台から秋保《あきう》温泉まで足を延ばして、その昔、伊達政宗公の湯守《ゆもり》を務めていたという老舗《しにせ》温泉旅館に泊まり、豪華な大浴場のほかに歴史を感じさせる鄙《ひな》びた露天風呂にも浸《つ》かって、たっぷり骨休めをした。「おまえも疲れただろう」と言って、帰りのインターチェンジで史雄が運転を交替してくれた。

——あのころ、定年退職していたとはいえ、お父さんはまだ若かったのね。

義父の七回忌を終えて、洋次の実家に一泊しての帰路、有子は、助手席で家族旅行の思い出を振り返っていた。

運転席の洋次は、ハンドルを握りながらときおり鼻唄を歌っている。仙台までなら大宮から新幹線で行けば一本でラクなのだが、洋次の実家は仙台駅から離れたところにあり、交通の便がよくない。元来、運転が好きな洋次は、長距離の運転も苦にならないらしく、帰省時には自家用車を使う。もっとも、鉄道も船も好きで、キャンピングカーにもあこがれているのだから、単なる乗り物マニアなのかもしれない。

「一度うちに寄ってから行く？」

川口ＩＣを降りて、洋次に聞くと、

「いや、先に君の実家に行こう」

前をまっすぐ見たまま、洋次は答えた。心なしか、横顔がこわばっている。

午後三時。デイサービスの日ではないから、史雄は家にいるはずだ。法事の帰りに寄る、とあらかじめ伝えてある。

生垣に沿って駐車させて、有子が先に門を入った。呼び鈴を鳴らすと、待ち構えていたように順子が「はーい」と応じて、玄関が開けられた。

「お義母《かあ》さん、ご無沙汰しています」

やはり、洋次は緊張しているようで、声もやや震えている。

「あら、洋次さん。お久しぶり」

と、順子が奥に聞こえるように大きな声で出迎えて、どうぞ、と玄関に招き入れる。

「お父さん」

「あなた、有子と順子たちが来たわよ」

と、有子と順子が同時に声を張り上げた。

「どうぞ」と、順子が上がるように勧めたが、「いいえ、ここで」と、洋次が固辞して、「おみやげを渡したら、すぐに帰るから」と、有子も夫に歩調を合わせた。段階を踏んで史雄との距離を縮めていく。洋次がそういう方針であるのならそれに従おう、と考えたのだ。

「何だ」

と、史雄が居間から顔を出し、廊下の手すりをつたわりながらゆっくりと玄関まで進んできた。

「お義父さん、ご無沙汰しています。仙台に法事で行ってきました。これは、仙台みやげの笹《ささ》かまぼこです。どうぞ」

洋次が、仙台名物の笹かまぼこの入った紙袋を差し出した。

「練りものは塩分過多だから食わん」

と、右手で手すりをつかんだ史雄はそっけない。

「いえ、お義父さん。最近は、そういう方も多いので、塩分を三十パーセントカットした新商品も出ているんです」

「お父さん、受け取っておきなさいよ」

順子が促《うなが》すと、

「ああ」

ひとまず、と言いたげに、史雄は左手で受け取り、紙袋の中をのぞきこんだ。

「ねえ、あなたたち、お茶を飲んでいかない？　笹かまをお茶うけに」

いい思いつき、と言わんばかりに順子が紙袋を奪い、身体を台所へと向けたが、

「いえいえ、今日はここで失礼します」

と、洋次は両てのひらを順子に向けて、頑《かたく》なに辞退する。筋書きどおりにしたいのだろう。

「じゃあ、お父さん、今晩のおかずにしてね」

有子もそう言って、バイバイの形に手を振ると、

「いや、今夜は食わん。明日の朝食べる」

と、史雄は言った。「今夜はもう献立《こんだて》が決まってるんだ。高野豆腐と椎茸《しいたけ》とひき肉

の何とかで……」

「ああ、糖尿病患者のためのメニューがあって、お父さんがデイサービスで献立表をもらってきたのよ。それを今夜は作ってあげる予定でね」

順子は、苦笑しながら夫の言葉を補《おぎな》った。

「それじゃ、明日の朝召し上がってください」

最後に洋次がそう言って、二人は辞去した。

「お父さん、素直じゃないよね」

車に乗ると、有子はため息をついた。「うそでも『わかった。今夜食べるよ』って言えばいいのに」

「でも、いいじゃないか。明日の朝食べる。そう言ってくれたんだから。それだけでもすごい進歩だよ」

と言って、洋次は笑った。緊張がほぐれたような柔らかな笑顔だった。

ところが、その翌日の早朝。

「有子、大変。お父さんがトイレで倒れたの」

と、順子がうわずった声で電話をかけてきた。救急車を呼んだのかと聞くと、一一九番にかけて待っているあいだに娘に電話したのだという。

実家に車で駆けつけたほうが早いか、搬送先の病院に向かったほうがいいか、とっさに考えたが、「搬送された病院をメールして」と告げると、有子は洋次を起こしに寝室に行った。

急いでしたくをして洋次の運転で車を出したが、通勤ラッシュにぶつかってしまったせいか、道路が混《こ》んでいてもどかしいほど車が進まない。もうじき実家というところで順子からメールが入り、史雄が搬送された病院がわかった。

史雄は、集中治療室に入っていた。くも膜下出血を起こして、意識はないという。

そして、意識がないままに史雄はその夜、息を引き取った。

6

明日の朝食べると言って今朝早く食べずに逝った父の笹かま
さいたま市　尾木有子

有子は、新聞の「歌壇・俳壇」欄に載った自分の短歌を心の中で読んだ。先週、掲載されてからもう数えきれないほど読み返している。尾木悠子もとい佐藤悠子の短歌が掲載されたのと同じ新聞だ。一席ではなかったから選者の評はもらえなかったが、入選作には違いない。誇らしさが胸に満ちる。と同時に、大きな喪失感と後悔の念が胸をよぎる。

——生きているあいだに和解できなかった……。

最初は訪問することから始めて、次に家に上がってお茶を飲んで、みんなで食卓を囲んで、いずれは碁盤を挟んで対局する……という洋次が考えた和解に向けての段階は、最初の訪問を達成しただけで終わってしまった。

「何度見ても、いい歌じゃないか」

洋次が、背後から有子の肩越しに新聞をのぞきこんだ。

「でも、これ、事実を詠《よ》んだものじゃないわ」

有子は、悔やんだ気持ちを抱いたまま応じた。

せっかく届けた仙台みやげの笹かまぼこを、史雄には食べてもらえなかった。順子の話によれば、その日の夕食に何切れか皿に出したのだが、「やっぱり、明日の朝にする。今晩は、おまえの作った料理だけでいい」と言って、手をつけなかったという。それで、順子は、皿にラップをかけて冷蔵庫にしまったのだった。しかし、翌朝、史雄はトイレで倒れ、救急車で病院に搬送されて、意識が戻らぬままに同日の夜亡くなった。決して、「今朝早く逝った」のではない。そう詠んだのは、単純に、声に出したときの言葉の響きが耳に心地よいからである。

「それでいいんじゃないかな。うそが……というより、創作が混じっていてもね」

けれども、洋次はそう言って、これはこれでいい、というふうに何度もうなずいて言葉を重ねた。「別れた彼女も、そうやって短歌を作っていたと思うよ」

「そうなの？」

意外に思って、有子は問い返した。尾木悠子こと佐藤悠子のことだ。

「満開の桜の下をくぐり来てすこし狂ひし腕時計かな。彼女が作ったあの歌も、本当は、腕時計は全然狂ってなんかいなかったかもしれない。狂い咲きしたかのように咲き誇る桜並木を歩いて、彼女はこう思ったんじゃないかな。ああ、頭がくらくらするほど美しい。いかなる世界の調和も自然の調律も乱れるほど美しい、ってね。それで、腕時計の針も狂ったらおもしろい。そんなふうに感じて、自ら時計の針を遅らせたり、進ませたりしたのかもしれない。あるいは、そういう幻覚を見たかったのか」

「どうやって短歌を作るのか、別れた奥さんに聞いてみたの？」

「いや、はっきり聞いたわけじゃない。ただ……そう感じたんだ」

自嘲ぎみに答えた洋次の口元に笑みが生じた。「ぼくと生活する中で、彼女は息苦しくなっていったんじゃないかな。もともと趣味は合わないほうだった。ああ、いまだってそうだけどね。だけど、彼女は君のように、自分は自分、人は人、と割りきって考えられる性格じゃなかったんだろう。ぼくはいろんなことに興味を示して、時間を無駄にしたくない人間だけど、彼女は文学的で一見無駄と思われることが好きだった。長年一緒に暮らしてきて、そろそろ自分のペースで生活させて、わたしの好きにさせて。そう思うようになったのかもしれない」

「それで、彼女から卒婚を切り出されたってわけ？」

「まあ……そうだろうね」

洋次はため息をついて、有子の両肩に置いた手をぱんぱんさせると、言葉を継いだ。

「せっかく入選したんだ。これからも短歌を作るんだろう？」

「もういいわ。これは、たまたま頭の中に浮かんだ歌で、空から降ってきたようなものだから」

と、すっきりした気持ちで有子は答えた。「短歌を趣味にするつもりはないの。そのかわり……」と、そこで言葉を切って、少し間を置いた。

今後、何を趣味にするか、もう決めてあった。短歌が新聞に掲載された翌日、七年前の女子高校生ひき逃げ事件の犯人が捕まったことも、決断のきっかけになった。ひき逃げ犯は、四十六歳の会社員だったが、離婚した妻の告発が彼の逮捕へとつながったことが判明したのだ。

――結婚生活を続けているあいだは、夫の罪を隠匿する必要があったが、離婚後はその必要もなくなった。

そういう考え方もできるし、

――罪の意識に苛《さいな》まれていたたまれずに、結婚生活を続けられなくなった。

また、そういう考え方もできる。踏ん切りがついたということだろう。

「わたし、また仕事を再開しようと思うの」

有子がそう切り出す前に、

「君の場合、趣味は仕事なんだろうね。まだ若いのだから、また自分を生かせる仕事を探して、思う存分仕事すればいいよ」

と、洋次から先に言ってくれた。

冒頭からの短歌六首は、第41回埼玉文学賞の短歌部門で正賞を受賞した清水晃子《てるこ》さんの作品の中からお借りしました。清水さんに感謝申し上げます。

雲の上の人

1

　わたしの家は、「名月庵」というそば屋を営んでいます。父が毎日おいしいおそばを打って、母と祖母が店を手伝っています。「名月庵」は、父で二代目です。もとは祖父が出した店ですが、祖父は父が継いだあとに亡くなってしまいました。

「将来、あの子たちのどちらかにいいお婿《むこ》さんがきて、店を継いでくれればいいんだがなあ」

　ある日、店が終わったあとに父が母に話しているのが耳に入りました。

「自然にそうなればいいけど、子供の個性を大切にして、あの子たちの好きなようにさせてあげないと。親が子供の進路を決めてはいけないと思う」

母が父を諭《さと》して、「だから、そんなことあの二人には言わないでね。いいわね」と、念を押していました。

父の夢を叶《かな》えてあげたい気持ちはあります。けれども、諦《あきら》めたくない夢もあります。わたしには、将来、就《つ》きたい職業があります。客室乗務員です。日本では「キャビン・アテンダント」と呼ばれていますが、海外では「フライト・アテンダント」と呼ばれているそうです。

夏休みに飛行機に乗って、福岡の親戚《しんせき》の家へ行きました。そのときの客室乗務員の女性がとても親切で、てきぱきした仕事ぶりに魅《み》せられてしまったのです。

わたしは、国際線の客室乗務員になりたいです。客室乗務員になるためには、大学の外国語学科に進んで語学力を磨《みが》き、国際的な感覚を身につける必要があります。夢の実現に向けて、精一杯がんばりたいと思います。

2

「本当に、バッサリ切っちゃっていいんですか?」

男性美容師は、はさみを持つ手をとめると、鏡の中の客に遠慮がちな視線をよこした。

「いいんです。バッサリやっちゃってください」

西沢亜美《にしざわあみ》は、揃《そろ》えた指を顎《あご》の下あたりに添えて、長さを指定した。背中まで垂れた髪の毛だから、少なくとも二十センチは切ることになる。

「じゃあ、切っちゃいますよ。あとで恨《うら》まないでくださいね」

大きな深呼吸をしてから、美容師は、はさみの輪に入れた親指と薬指に力をこめた。艶《つや》やかな黒髪の束が切り取られて床に落ちた瞬間、「こんなシーン、映画でありましたね」と、客が受けたであろうショックを和《やわ》らげるように美容師が言った。

「『ローマの休日』ですね」

そう受けて、亜美は目をつぶった。脳裏《のうり》を映画の魅惑的な場面が流れていく。オードリー・ヘップバーン扮《ふん》するヨーロッパの小さな王国の王女は、欧州を旅行中、過密スケジュールにうんざりし、ローマで滞在先の宮殿をそっと抜け出す。解放感に包まれた彼女が最初にしたのは、ヘアサロンで長い髪の毛を切ることだった。髪を短くした彼女は、新しい世界へと羽ばたいていく。彼女にとっての自由の象徴がショートへアだったというわけだ。

――でも、わたしの場合は……。

耳元が涼しくなったのを感じて目を開けた亜美は、がらりと印象が変わった自分を見て、心の中でかぶりを振った。まるで逆だ。羽をむしり取られたわたしは、もう大空で羽ばたくことはできない。

「ショートヘアもよくお似合いですよ」

ホッとしたような表情の美容師に見送られて、亜美は美容院をあとにした。その足で東京駅へ行き、新幹線乗り場へ向かう。亜美の実家は、長野県上田市にある。北陸新幹線が停《と》まる駅だ。

自由席の窓側に座ると、自然と吐息が漏《も》れた。

――客室品質企画部への異動を命ずる。

ひと月前に出た辞令の文字が、頭の中で膨《ふく》れ上がる。亜美は、大学の外国語学部英語学科を卒業後、客室乗務員として大手航空会社に採用され、国内線を二年経験したのちに国際線へと異動になった。その国際線も二年経験し、今年で三年目に入るはずだった。国際線で五年以上のキャリアを積んだ上でパーサー、次にはチーフパーサーとしての訓練を受ける。まわりの先輩たちを見てもそういう段階を踏んで順調にキャリアを重ねている。意気込んでいた矢先の思ってもみなかった部署への異動だった。

「どうしてわたしなんですか?」

「ずっとこのまま地上勤務なんですか？」

「いつ乗務に戻れるんですか？」

いずれの質問にもはっきりとした回答はなかった。かわりに、上司から客室品質企画部の説明がなされた。

「あなたも四年間乗務してみてわかったでしょう。旅行先に向かう機内で、お客さまが一番楽しみにしているのが食事だということが。あなたには、客室品質企画部でおもに機内食の企画開発に携《たずさ》わっていただきます。実際に機内でお客さまにサービスを提供した客室乗務員としての視点や声を、メニューやオペレーションに反映させるという重要な役割を担っているのですよ」

上司の言葉は、右の耳から左の耳に抜けていった。

——大空を飛ぶこと。

亜美にとってはそれが天職で、地上にいる自分など考えられないのだ。客室乗務員になるのは、中学時代に「将来の夢」と題された作文を書かされたときからの夢だった。

それなのに、翼《つばさ》をもがれて地上に降ろされ、しかも、地上業務の中でも機内食の開発に回されるとは……。

――これは、わたしへの嫌がらせなのではないか。

郷里へと近づいていく新幹線の中で、亜美はこれまでの業務を顧《かえり》みた。大きな失敗はしていないつもりだが、小さな失敗ならいくつかある。乗客からの呼び出しが複数重なったとき、年配の女性に毛布を届けるのを忘れてしまったこと、ミネラルウォーターのガス入りとガス抜きを取り違えたこと、機内に置く雑誌の種類を間違えたこと。

だが、心あたりはそのくらいだ。誰でも一度や二度は同じようなミスを経験している。それなのに、なぜ、自分が国際線歴二年でいきなり地上勤務への異動を命ぜられたのか、どんなに考えてもわからない。

――実家がそば屋だから……。

結論は、やっぱり、そこにいきついてしまう。人事を考察する際に、きっと誰かが「西沢さんのご実家は信州のおそば屋さんだそうだから、食関係の仕事はぴったりじゃないかしら」などと進言したのだろう。

二年前に祖母が亡くなってから、実家のそば屋「名月庵」は両親が切り盛りしており、亜美の姉の裕美《ゆみ》が手伝っている。

上田駅に着くと、亜美は重たい足取りで実家へと向かった。

3

西沢裕美は店に入るなり、白いエプロンをつけたままなのに気づいた。あわててエプロンをはずし、店内を探すと、観葉植物で仕切られた奥の席に彼はいた。

「仕事中なのにごめん」

と、中腰になりながら、嶋田晃《しまだあきら》が言った。彼の前に置かれたコーヒーがだいぶ減っている。店員にコーヒーを注文して、裕美は嶋田の前に座った。

テーブルを挟んで真正面から彼の顔を見るのは、二年ぶりだった。垂れた目じり、濃い眉毛、どっしりした鼻、厚い唇。すべてが昔のままだ。懐《なつ》かしさが胸にこみあげる。

「さっきはびっくりしちゃった。いきなりお店に入ってきたから」

懐かしさを抱《いだ》いているのを悟《さと》られまいとして、裕美は明るい口調で言った。

「急に決まった出張だったし、それに……」

と、嶋田は言いよどんで、コーヒーに口をつけた。

——いちおう、別れ話をして別れた二人だから、連絡なんてできなかったんだよ。

それで、一人の客としてそ知らぬ顔で入店したんだ。

嶋田の言い訳の先を心の中で引き取って、裕美も運ばれてきたコーヒーを飲んだ。そうやって気持ちを落ち着ける。

「はじめて入ったけど、いい店だね。ざるそばもおいしかったよ。お父さんの手打ちなんだろ?」

と、嶋田は、「名月庵」のそばを褒《ほ》めた。

「ありがとう。うちの父は、信州産のそば粉にこだわっているの。生地《きじ》を練る回数を平均よりも多くしたり、お年寄りにも食べやすいようにと細切りにしたり、いろいろ工夫しているわ」

「君は……」

「わたしは、まだ本格的に打たせてもらえないの。休みの日に父に教わる程度でね。『まだおまえのそばは店には出せない』って言われて。最初に粉を入れた木鉢に水を含ませて、手でこねるのだけど、その水回しの作業が腰に負担がかかって大変で」

裕美は、そう答えて肩をすくめた。木曜日の午後二時少し前に来店した昔の恋人、嶋田晃に驚きながらも、両親に動揺を悟られまいとして平静を装《よそお》いながら接客した裕美だったが、支払いのときに彼から渡された紙に胸を躍《おど》らせてしまった。その瞬間、ああ、わたしはまだ彼のことが忘れられないでいるのだ、と自分の本心に気づいたのだった。紙には「駅前の喫茶店で待っている」とあり、店名が記されていた。それで、昼どきの客が途切《とぎ》れるのを待って駆けつけてきたのだった。

「君らしいセンスのいいメニューがいくつかあったけど」

テーブルに置かれていたメニュー表を見たのだろう。裕美が手書きで作ったものだ。色鉛筆で描いたイラストを添えている。

「ああ、そばガレットとかそば茶プリンとかね。でも、あんまり出ないの。ほら、あいう昔ながらの構えの店だから。お客さんもサラリーマンや年齢層の高い人が多いし、おしゃれな料理なんて注文しないわ」

「観光客向けにもっと宣伝すればいいのに。最近は、若い女性や外国人の観光客も増えているようだし」

「そうね。てこ入れは必要だと思っているんだけど、お店は住宅街にあるし、立地的にちょっとむずかしくて。SNSを活用して、もっと積極的に情報発信していけばいいんでしょうけど」

しかし、店主である西沢修平《しゅうへい》が首を縦に振らないことにはどうにもならない。祖父譲りで「うまいそばさえ打っていれば客は来る」が信条の昔気質《むかしかたぎ》の修平を説得するには、まず「SNSとは何か」から説明する必要がある。だが、いざ説明しようとすると、「そういうのはいい。頭が痛くなる」と、修平は耳をふさいでしまうのだ。

「仕事はどう？」

家業について語るのをやめて、裕美は相手の近況を尋《たず》ねた。

二年前まで、裕美は京橋の食品輸入会社に勤めていて、嶋田が勤務する大手外食レストランチェーンの本社は日本橋にあった。二人が知り合ったのは三年前。裕美の会社が輸入しているイタリア産オリーブオイルの説明会の会場に、クライアントの営業マンとして嶋田が訪《おとず》れ、説明を担当したのが裕美だった。

「相変わらずだね」と、嶋田は短く答える。

営業本部の嶋田は相変わらず残業続きなのだろう、と裕美は察した。国内にかぎらず、海外出張も多い。交際していたころも平日はデートするような時間はとれず、週末に互いの住まいを行き来していた。

「今回は長野への出張があって、それで上田に寄ってみた。……君も忙しいんだろ？休みは週一？」

「ええ、定休日は火曜日。忙しいといってもバイトを雇《やと》うほどじゃないし、何とか家族三人でやってるわ」

祖母が亡くなったのをきっかけに、裕美は会社を辞めて郷里に帰り、家業を手伝う決断をした。したがって、別れを切り出したのも裕美からだった。

「わたしの進む道は決められているの。嶋田さんは、自分の仕事を支えてくれるような女性との出会いを求めるべきよ。せっかく希望の会社に入れたんだから、定年まで勤めあげてほしいわ」

「いますぐに結論を出さなくてもいいだろう。遠距離恋愛って方法もあるんじゃないか？」

と、翻意《ほんい》を促《うなが》した嶋田に、裕美はきっぱりと言った。

「わたしは『名月庵』を継がなくちゃならないの。一緒になる人は父の片腕になれる人しかいない」

それを決定的な別離の言葉ととらえて、嶋田は身を引いたのだった。

「お父さんの片腕になれるような人は現れたの？」

当時の言葉を覚えていたのか、嶋田は聞いた。

「いまどき、そば職人として修業をしたい、なんて言い出す殊勝《しゅしょう》な若者はいないわ。それに、いたとしても、父は頑固な性格だからうまくいかないと思う。そんなこんなで、やっぱり、実の娘がいいのね。何でも遠慮なく言える間柄だから」

した。

嶋田の質問に答えておいて、「で、そっちは婚活しないの？」と、裕美は矛先を返した。

「そんな暇はない。というより、そんな意欲はない」

苦笑いを浮かべて答えると、嶋田は言い添えた。「誰かさんのことが忘れられなくてね」

わたしのことだと思って、裕美の心はざわついた。胸が高鳴り、鼻の奥がつんとする。

「でも、どうしようもないでしょう？」

そうだ、どうしようもない。裕美は、まるで自分の胸に言い聞かせるかのように苛《いら》立《だ》ちをこめて返した。

「どうしようもないかどうか、しばらく考えてみてから結論を出そうと思う」

と、嶋田は謎めいた言葉を投げてから、「妹さんはどうしてるの？　確か、キャビン・アテンダントだったよね」と、もう一人の家族の亜美に言及した。

「何日か前に連絡があったわ。有休をとって帰省するって。あの子、異動になったみたいで」

――地上勤務になった。有休とってそっちに行く。

　ＬＩＮＥのメッセージはそれだけだったが、行間から亜美の無念さが立ち上るのが裕美にはわかった。「雲の上がわたしの職場。わたしは大空を飛び続けたい」と、公言していた亜美である。

「異動って？」

「国際線から地上勤務に」

「へーえ、そういうこともあるのか。妹さん、何年間乗務したの？」

「国内線二年、国際線二年かしら」

「そう」

　嶋田は、しばらく視線を宙に泳がせてから裕美に戻すと、「姉妹で会うのは久しぶり？」と聞いた。

「半年ぶりくらい。妹は仕事が忙しいみたいで、暮れにも帰って来なかったの」

「君たちは……年子だったよね」

「えっ？　ああ、そうね」

　裕美は、うなずくと嶋田から視線をそらした。亜美の話は人前ではあまりしたくない。最初に嶋田に「きょうだいは？」と聞かれて、「妹が一人」と答えたときのことを思い出す。

――妹さんはいくつ？

――わたしが一九九一年生まれで、妹が一九九二年生まれで……。

そういう答え方をしたら、

――へーえ、姉妹で年子か。

と、嶋田の目が好奇な光に満ちたので、少し嫌な気分になった。そして、もっと重い気分にさせられたのは、妹の職業を問われたときだった。

――妹の亜美は、航空会社のＣＡなの。

そう答えたら、嶋田は途端《とたん》に身を乗り出した。嶋田だけではない。大半の男性は、裕美の妹の職業が航空会社の客室乗務員――キャビン・アテンダントと知ると、好奇心を隠さずに質問を重ねてくる。母親の世代には「スチュワーデス」という呼称で親しまれていた客室乗務員は、昔もいまも変わらぬ女性のあこがれの職業だ。華やかな職業に就いている妹に比べて、そば屋のあと継ぎ娘である姉の地味さは否めない。

「妹さん、実家でゆっくり骨休めができるといいね」

交際していただけあって、裕美が妹の話を避けたがっているのに気づいている嶋田は、明るくそう言うと、話題を仕事関係のものに切り替えた。

4

店に戻ると、表に「準備中」の札が掛けられていた。三時から五時まではいちおう休憩時間となっている。もっとも、夕方から夜の仕込みをする必要があるので、完全な休憩となるわけではない。修平は身体《からだ》を休めるために、一時間ほど仮眠をとる習慣がある。

「お友達と会ってきたの？」

店のテーブルを拭《ふ》いていた母の和子《かずこ》が顔を上げた。

「ちょっと息抜き。わたしだって、たまには息抜きしてもいいでしょう？」

和子から視線をそらして、裕美は答えた。母の勘は鋭い。何か勘づかれたのだろうか。訝《いぶか》っていると、「ちょっと前に亜美が帰ってきたわ。あの子に会ったら、びっくりすると思う」と、和子の関心がよそに移った。

店舗と母屋《おもや》は、廊下でつながっている。修平が仮眠をとっている部屋を通り過ぎ、リビングへ行くと、亜美がソファでくつろいでいた。

その亜美の姿を見て、和子の言葉の意味を理解した。

「どうしたの、その頭」

背中まであった亜美の髪の毛が顎のあたりで切られている。客室乗務員は清潔さと優雅さが命と言い、シニヨンにするために伸ばした長い黒髪は、亜美の自慢だったはずだ。

「さっぱりしたかったから」

亜美は、そろそろと身体を起こすと、リモコンを持った手を突き出して漫然と観《み》ていたらしいテレビを消した。

「異動になったことと関係あるの?」

「大あり」

と、亜美は不機嫌さを丸出しにして答えた。「客室品質企画部で、機内食の企画開発をしろ。そう命じられちゃったわ」

「機内食って、飛行機の中で出される食事?」

「あたりまえのことを聞かないでよね」

亜美の言葉に怒気がこもる。その態度で、それが彼女にとって不本意でイレギュラーな異動であることが理解できた。ふて腐《くさ》れた亜美は、やけ食いならぬ「やけ切り」に走って、衝動的にショートヘアにしてしまったのだろう。

「おもしろそうな仕事じゃないの」

　気休めではなく心底思って言ったのだが、「適当なこと言わないで」と撥《は》ねのけられた。

「しばらく地上業務に就いたあと、また雲の上に戻れるんでしょう?」

「そんな保証はない」

「いままで機内食のサービスに従事してきた知識を、今度はその内容を考えることに生かして、そこで学んだことを次にはまた機内で生かせるじゃない。わたしは、すごく貴重な体験だと思うけどな」

「お姉ちゃんは、ＣＡの仕事について何にも知らないから無責任なことが言えるのよ」

　亜美の目がきつくなる。

　――家業から目をそらし続けてきたあなただって、そば屋の仕事について何にも知らないくせに。

　そう反論したかったのを、裕美は深呼吸をすることで抑えると、「すべてが思いどおりにいく人生なんてないわよ。新しい仕事に前向きに取り組んでいれば、そのうち必ず評価してくれる人が現れて、好きな職場に復帰できるはずよ」という正論に変えた。

「我慢が足りない。そう言いたいんでしょう? どうせ、わたしは申年だから、忍耐力に欠けるのよ。未年のお姉ちゃんとは違うの」

「干支《えと》なんて関係ないわ。わたしたちは、血液型も同じなら、星座も……同じじゃないの」

「わたしは干支占いを信じる。未年のお姉ちゃんは、見た目は穏やかそうで弱そうだけど、芯《しん》が強くて本当は負けず嫌い。長所は、平和主義で争いごとを嫌い、調和を好む点で、短所は、慎重すぎること。恋愛に関しても受身で、ロマンチスト。相手を第一に考えて、身を引くところがある。対して、申年のわたしは、派手好きで目立ちたがり屋。巧みな話術と器用で行動力がある点は長所だけど、チャレンジ精神が旺盛《おうせい》で、何でもすぐに習得するわりには、飽きっぽくて持久力と忍耐力に欠ける。恋愛に関しても、あたって砕《くだ》けろ、で思いきって行動に出て玉砕《ぎょくさい》することも多い。どう? 的を射ているでしょう?」

「さあ、どうかしら」

とは受けたものの、内心ではドキドキしていた。恋愛に関してはあたっているかもしれない。仕事人間である嶋田の将来を考えて、裕美から去った形だからだ。

「いいかげん、気持ちを切り替えて。もう子供じゃないんだから。いつまでもへそを曲げていても始まらないでしょう？　で、どのくらい休暇をとったの？」

「五日間」

「そのあいだはずっと休めるの？」

「一つだけ仕事が入ってる。長野のホテルでのイベントに出席してほしい、って。信州の名産品を各企業に紹介する物産展があって、どういうものを機内食に取り入れたらいいか、レポートにまとめないといけなくて。でも、出たくない」

「サボるつもりなの？」

「体調が悪いから行かない」

「駄々《だだ》をこねないで。そういう怠慢《たいまん》な姿勢は、社会人として許されないでしょう？」

「じゃあ、お姉ちゃんが行けばいいじゃない。食に関しては、お姉ちゃんのほうがわたしよりずっとくわしいんだから」

そう言ってぷいと横を向くと、亜美はまたテレビをつけた。

ビジネス用のスーツを着てパンプスを履《は》くのは久しぶりだった。東京で仕事をしていたときと体型が変わっていないから、当時のスーツも靴も着用できた。物産展の案内状は亜美から渡されている。

長野駅と通路でつながったJR系列のホテルには、何度か訪れたことがあった。だが、いずれも「西沢裕美」としてであった。今回は、「西沢亜美」として出席するのだ。「大丈夫、会社の人は来ないから」と亜美に言われてはいたが、ばれないだろうか、という不安は胸の中に渦巻いている。

物産展の会場となった宴会場の受付で芳名帳《ほうめいちょう》に記名し、会場に入る。後ろの席に座って、入り口で渡された分厚いパンフレットに目を通す。会場に集まったのは百二十人くらいだろうか。長野県――信州は、四つの地域に分かれている。北信、東信、中信、南信。時間になると、司会者が今回の物産展の趣旨を説明し、次に、その地域の代表者がそれぞれプロジェクターやスライドなどを使って、地域の特色や、果物や野菜や酒類を含めた名産品の紹介を始めた。信州の漬物に関する本を出している和服姿の女性による漬物の歴史や種類についての説明もあり、途中から裕美は、亜美の代理できていることも忘れて、説明に耳を傾けるのに夢中になっている自分に気づいた。

「では、隣の会場に移動して、みなさま、ぜひ信州の名産品の数々をご笑味くださいませ」

説明が終わると、衝立《ついたて》をはずした隣のスペースが立食パーティー会場になっていて、そこに案内された。

会場には地域別にいくつかブースが設《もう》けられ、小鉢に入った野沢菜などの漬物や山菜料理や川魚料理をはじめとした郷土料理が盛られた皿のほかに、おやきや五平餅《ごへいもち》などの信州名物の食品が並べられている。地ぶどうを使ったワインや地酒もふんだんに用意されていて、家業の手伝いで外に出る機会の少ない裕美は、おいしいものがただで食べられる、と無邪気《むじゃき》に喜んでしまった。

しかし、「食レポート」を書いて、今後の機内食の企画開発に役立てなくてはいけない。

――ドライフルーツは何かに応用できるかもしれない。

あんずは、千曲市《ちくまし》が誇る名産品でもある。北信のブースであんずやりんごのドライフルーツを試食していると、「西沢さん」と男性の声に呼ばれ、裕美は身体を硬直させた。

振り返ると、グレーのスーツ姿の見知らぬ男が微笑《ほほえ》んでいる。

「あ……ご無沙汰しています」

会社員時代、ひと月会わなくてもそう挨拶《あいさつ》するように言われたのを思い出し、口にしたら、「先週会ったじゃない。何の冗談?」と、四十代半ばに見える男は両手を広げた。

亜美の勤務先の人間らしい。

「あれ、ちょっと雰囲気変わった?」

グレーのスーツの男は、かすかに眉をひそめて裕美の頭へと視線をやった。

「ああ、心機一転、髪を切ったんです。それで……」

家業を手伝い始めてから、裕美はショートカットにしている。亜美の髪型が自分に近づいたというわけだ。

「そうか。やっぱりね」

と、男はうなずきとともにため息をついた。「西沢さん、地上勤務に異動になって、かなりショックを受けたんじゃない?」

「ええ、まあ」

「でも、大丈夫だよ。それは、西沢さんが評価されている証拠でね。客室品質企画部に二、三年いたら、また上に戻れるよ」

男は、上に、というところで人差し指を天井に向けた。

「本当ですか?」

それが本当であれば、異動になって落胆している亜美に伝えたい。

「ああ、ちょっと紹介したい人がいるんだ」

男が会場の誰かを探すそぶりを見せたので、裕美はあせった。亜美が言ったとおり、CAの仕事については何も知らない。専門的なことを聞かれたらボロを出しかねない。

「こちら、大前《おおまえ》さん。銀座の有名な和食店の料理人で、うちのファーストクラスに料理を提供してくれている。西沢さんのことはちらっと話してある」

紹介されたのは、修平と同世代の恰幅《かっぷく》のいい男性だった。

「すみません。異動したばかりでまだ新しい名刺がなくて」

店名の入った名刺を差し出されて、裕美はそう言い訳した。それは事実で、亜美からは新しい名刺を渡されていない。

「並木《なみき》さんに聞きましたが、西沢さんのご実家は、おそば屋さんだそうですね。ファーストクラスで手打ちそばを提供するとしたら、あなたならどうしますか?」

いきなりそう質問されて、裕美は面食《めんく》らった。それでも、そばに関しては二年間、職人である父の傍《かたわ》らで見て学んでいる。短大で栄養士の資格もとっている。京橋の食品輸入会社時代には、空いた時間に料理教室に通ってイタリアンや和食を習った。それなりの知識は備えている。

「手打ちそばの賞味時間は、打ってから五時間が限度とされています。ですから、五時間以内に提供できるように、逆算して手打ちの時間を決めて搭載《とうさい》することになると思います。機内で茹《ゆ》でる場合は、気圧の違いから沸点も地上とは微妙に違ってきます。一般的にラーメンのような麵《めん》を茹でる温度は八十三度から四度と言われていますが、おそばの場合はまた違うでしょう。それは機上で実際に実験してみないとわかりませんけど。でも、どうやっても、打ってすぐに茹でて食べるおそばのおいしさにはかないません。うす焼きにして信州みそをトッピングしたり、そばガレットとして出したり、デザートでそば茶プリンを提供したりする案も考えられるでしょう」

「さすがですね。ちゃんと家業の勉強をされている」

料理人の大前は、感激したように言い、裕美の手を握った。

「西沢さん、すごいじゃない。実家で勉強したの？」

大前に「並木」と呼ばれた男に聞かれて、裕美は「ええ、まあ、少しだけ」と答えておいた。そばに関する亜美の知識は乏《とぼ》しいが、帰ってから一緒にレポートをまとめながら指導すればいい。

「上田に帰らないといけないので」

このあとホテルのバーで一杯どう？　と並木に誘われたのを断って、裕美は会場をあとにした。何とか急場をしのいだ、と胸を撫《な》でおろした。

6

それからひと月後に、ふたたび「名月庵」に嶋田が来店した。今回も事前連絡はなく、前回より遅い二時を回った時間だった。ちょうど「今日は、お客さんが少なくて暇ね」「ほんと、あくびが出ちゃうね」と母娘で話していたところに、「まだ大丈夫ですか？」と、長身の嶋田が暖簾《のれん》をくぐって入ってきたのだ。

「ああ……どうぞ」

動揺を隠して、裕美が調理場から一番離れた席に通すと、「ざるを一つ」と、嶋田がよく通る声で注文した。

「はい、ざるですね」

応じたのは和子で、すぐに注文を伝えに奥に引っ込んだ。

「連絡くれればいいのに」

と、裕美が水を運びながら小声で言うと、

「どうしようもないかどうか、しばらく考えてみてから結論を出そうと思う。そう言ったろう?」

と、嶋田はごく普通の声量で返す。

裕美は、心臓の鼓動が速まるのを感じた。何らかの結論を出した、ということだ。それは、二人の今後に関することに違いない。

調理場に行くと、「裕美、あなたが運んで」と、和子がざるそばがセットされた盆《ぼん》を渡した。

「準備中の札にしろ。俺はもう奥で休む」

と、二人に背中を向けたまま、茹で場の前で修平が言った。

裕美が困惑した顔を和子に向けると、「あの人、何か話があるからきたんでしょう?」と、和子は小声で言い、笑顔でよどみなく言葉を紡《つむ》いだ。「このあいだ気づいたのよ。お母さんがそんなに鈍感だと思った? 自分の娘のことだもの、さすがにピンときたわ。大丈夫、お父さんは気づいていないと思うから」

父とは顔を合わせずに、裕美は店に戻って、嶋田のテーブルに料理を運んだ。

「うまそうだ。いただきます」

威勢よく音をたてながら、嶋田がそばをすする。豪快で気持ちのよい食べっぷりだ。

裕美は、修平に言われたとおりに表の札を「準備中」に変えた。

隣のテーブルの席に座って、嶋田が食べ終わるのを待つ。調理場は静かだ。和子は聞き耳を立てているのではなく、本当に母屋に引っ込んだらしい。

そば湯を勧めて、裕美は嶋田が口を開くのを待った。

「妹さんとは会えた？　地上勤務の前に有休がとれて、骨休みにきたんだろう？」

しかし、裕美の妹の亜美の話題から始まった。

「休みを一日繰り上げて帰ったわ」

裕美は、晴れ晴れとした顔の亜美を思い出して答えた。

あの日、物産展の会場で会った並木の話をしたら、「ああ、並木さんは、わたしの研修時代の教育係りの一人よ」と、亜美は声を弾ませたのだった。「彼は元チーフパーサーで、地上業務に変わってからもたまに顔を合わせていたの。いまは広報の仕事をしているわ」

その並木の言葉を伝えた途端、亜美は元気を取り戻した。「並木さんの言葉にうそはないはず。わたし、二、三年で戻れるんだ。だったら、いまの仕事を一生懸命やって、成果を得て雲の上に戻りたい。こうなったら、六十五歳の定年まで空を飛び回るぞ」

もともとがんばり屋で単純な亜美は、俄然《がぜん》奮起して、裕美が下書きをしたレポートを丹念に読み込んだ上で、独自の意見も取り入れながら、自分のレポートとしてまとめあげた。それを持って、有休を消化する前に帰京したのだった。

「妹の亜美さんには、ぼくは会ったことがあるんだ」

そば湯をひと口飲んで、嶋田が言った。

裕美は、顔をこわばらせた。

「去年の夏だったか、シンガポールへ行く便でね。最初に見たとき、すごく驚いたよ。君がいるかと思った。君がＣＡの制服を着て、飛行機に乗っているとね」

裕美は、言葉を返せずにいた。

「しかし、そんなはずはない。そこで思い出したのが、君に妹がいるという話だった。キャビン・アテンダントの妹がね。だけど、ぼくは君たちを年子だと思い込んでいたから。確か、生まれた年は違ったんだよね」

「一年違いよ。干支はわたしが未で、妹が申だけど」

「正確な意味では、君たちを『年子』とは言わない。でも、君は否定しなかった。わけがあるんだろうと思ったから、わかったあとでも追及しなかったけどね。あのときのCAさんは、君にそっくりだった。それもそのはず、君たちは一卵性双生児なんだろう？」

「そうよ、双子《ふたご》よ」

と、裕美は簡単な言葉に言い換えた。自分の口からはあまり言いたくない言葉だった。

「いままで黙っていたわたしを責める？」

「いや、責めるつもりはない。真実がわかって、気持ちがすっきりした。それだけだよ」

そう答えると、嶋田は背筋を伸ばした。「それで、大事な話がある」

「何？」

「転職しようと思う」

「転職って……いまの仕事を辞めて、ほかの仕事に就く、という意味？」

まさか、という熱い思いが胸にこみあげ、気が動転した。裕美は、嶋田の太い二の腕の筋肉が、そばをこねるたびに揺れる姿を想像したのだ。

「早とちりしないでくれよ」

するとと、嶋田が破顔した。「いますぐお父さんに弟子入《でし》りするってわけじゃない。長野市の会社に転職しようと考えているんだ。いまの会社の取り引き先で、レストランに食材を卸《おろ》している。『長野で仕事をしたい』と話したら、そこの社長に誘われたんだよ」

「長野市に引っ越すの？」

「ここから通ってもいい。この近くにアパートを借りて、君と住んでもいい。ご両親さえよければ、ここに住んでもいいし」

「後悔しないの？　いずれは……そば職人になる人生が待っているのよ」

そこまで細かく考えていてくれたことに感激して、裕美は声をうわずらせて言った。

「君のおじいさんだって、最初は役場に勤めていたんだろう？　趣味が高じて土地の一角をそば屋にした、と君から聞いた覚えがある。それから、お父さんだって……」

「そうよ、元郵便局員。最初は、その気なんてまるでなかったのに、自分の父親の姿を見ていたら、『そば屋に定年はない。一生の仕事にするのは、やっぱり、そば屋だな』なんて言って、郵便局を辞めちゃったの」

と、裕美はそのあとを引き取った。

「ぼくも同じ道を歩もうと思う。定年のない仕事を選ぶ運命だったんだよ」

嶋田はそう言って、濃厚な味で自慢の「名月庵」のそば湯をまた飲んだ。

7

「次はちゃんと連絡してから来るよ」と言って嶋田が帰ったあと、裕美は、余韻《よいん》に浸るように彼のぬくもりがまだ感じられる椅子に座っていた。

「裕美、ごめんね」

そこへ母屋にいた和子が現れた。「ずっとあなたにばかり我慢させちゃって」

「何のこと？　我慢なんてしてないけど」

「あなたには、姉としての顔を押しつけてきたわ」

裕美の前に座って、和子は言った。「あなたたちは双子で、ほぼ同時刻に生まれた。本来は、姉も妹もない、同等の立場のはずなのに、お母さんが自分の考えに固執《こしつ》したばかりに……」

「そのことだったら、わたし、何とも思ってないわ」

裕美は首を横に振ったが、声の調子は弱かった。わだかまりを捨てるまでには時間がかかったからだ。

「一九九一年十二月三十一日。年越しそばで猫の手も借りたいほど忙しいときなのに、大晦日《おおみそか》の夕方に産気づいてしまって。お店をおじいちゃんとおばあちゃんに任せて、お父さんが産院に連れて行ってくれたわ。裕美が生まれたのが午後十一時五十二分だった。それから、十六分後の午前〇時八分に亜美が生まれた。日付が変わって、年もあらたまっていたわ。干支も未から申に変わっていた。あとで先生に、『どちらかに揃えますか？』と聞かれたわ。生まれた年を統一しますか、という意味よね。でも、お母さんはそうしなかった。生まれてきたありのままの時間を母子手帳に記入してほしかったの。あのときは、そうすることに価値がある気がしたのよ。年をまたいであなたたちが生まれてきた。その感動を記録の上で残したかったの。だから、正確な出生時間を届け出た。お母さんのわがままよね」

「わがままなんかじゃないわ。お母さんの気持ちはよくわかる」

裕美は、さっきよりも激しく首を振った。事実を曲げることが嫌い。自分の気持ちに正直。それは、母親の美点でもあった。

福岡のかまぼこ店に生まれた和子は、三姉妹の長女だった。亡くなった裕美の祖父の友人がそのかまぼこ店を紹介してくれたこともあり、祖父は、無添加でおいしいと評判のかまぼこを福岡から取り寄せて「名月庵」で出していた。その関係で、和子は修平と引き合わされたのだが、ほとんど和子のひと目惚《ぼ》れだったという。長女ゆえに家業のかまぼこ店を継ぐかどうか迷ったらしいが、最終的に自分の気持ちを優先させて上田に嫁《とつ》ぐことを決めた。結局、かまぼこ店は妹たちも継がずに経営者の高齢化によって閉店した。

「小さいころは、どちらが姉か妹かなんて本人たちも意識せずに、犬ころみたいに仲よくじゃれ合っていたわ。お互いに『亜美』『裕美』と呼び合ってね。それが、大きくなるにつれて、まわりの人たちが『どっちがお姉さん？』『どっちが妹さん？』と聞くようになって、姉である自分、妹である自分、をあなたたちは意識するようになっていったのね。双子といえども性格は違う。控《ひか》えめなあなたに対して、亜美はお調子者でちゃっかりしたところがあって、妹でいることで得することが多いのがわかると、あなたへの呼び方も『お姉ちゃん』に変えた。それで、余計、裕美は姉である自分を意識するようになっていった。そうでしょう？」

「十六分とはいえ、わたしのほうが早く生まれたんだもの。姉には違いないわ」

「でも、それで、我慢を強《し》いられることが増えたわ。あのときだって……」

和子は、目を細めて昔を思い出す表情になった。「中学校で将来の夢について作文を書いたでしょう？　あなたたちはクラスは違ったけど、同じ題名で書かされた。亜美の将来の夢が何だったか、覚えてる？」

「国際線の客室乗務員になること」

と、裕美は答えた。はっきり覚えている。その年の夏休み、和子の実家がある福岡へ姉妹で飛行機に乗って行ったのだった。機内では制服姿のきれいな客室乗務員のお姉さんが、やさしい笑顔で迎えてくれて、中学生二人きりの旅の世話を焼いてくれた。

「裕美、あなたの夢は何だったの？」

「何って、決まってるじゃない。『名月庵』を継ぐことよ。お母さん、わたしの作文を読んだでしょう？」

その作文が載《の》った文集は、読み返す気にはなれずにいた。

「文集に載せたほうはね。だけど、お母さんは知ってるのよ。あなたの部屋に捨ててあった下書きを読んでしまったから。しっかりした文章のすばらしい作文だった。むずかしい漢字もよく書けていたわ。あなたは、亜美が書いた作文を先に読んで、亜美の夢が客室乗務員になることだとわかったから、自分の作文を書き直したんでしょう？　それで、自分の夢を諦めたんでしょう？」

「それは違う」

裕美はかぶりを振ると、語調を強めた。「確かに、一度はそういう夢を抱いたわ。だけど、客観的に見たら、やっぱり、亜美のほうが客室乗務員に向いていた。亜美はものおじしない性格だから積極的に外国人に話しかけるし、英会話教室でも意欲的に勉強して、あっというまに英語を習得してしまった。スポーツもわたしより得意で、水泳で身体を鍛えていたから体力もあった。頭の回転も速いし、コミュニケーション能力も高い。亜美にはＣＡとしての適性があったのよ。だから、難関の採用試験も通ったわ」

「裕美は、亜美のことをそんなふうにしっかり見ていたのね」

「でも、お母さん、わたしは嬉《うれ》しかったのよ。あのとき、二人のどちらかにいいお婿さんがきて、店を継いでくれればいい、と言ったお父さんを、お母さんは諭してくれたでしょう？　あの言葉に支えられて、わたしはいままでくじけずにやってこられたんだと思う」

「本当にそう思ってくれるの？」

目を伏せていた和子が顔を上げた。

「あたりまえでしょう？　それに、いずれ……お父さんの言葉どおりになりそうだし」

裕美が微笑むと、それが伝染したかのように和子も微笑んだ。

8

わたしの家は、「名月庵」というそば屋を営んでいます。父が毎日おいしいおそばを打って、母と祖母が店を手伝っています。「名月庵」は、父で二代目です。もとは祖父が出した店ですが、祖父は父が継いだあとに亡くなってしまいました。

「将来、あの子たちのどちらかにいいお婿さんがきて、店を継いでくれればいいんだがなあ」

ある日、店が終わったあとに父が母に話しているのが耳に入りました。

「自然にそうなればいいけど、子供の個性を大切にして、あの子たちの好きなようにさせてあげないと。親が子供の進路を決めてはいけないと思う」

母が父を諭して、「だから、そんなことあの二人には言わないでね。いいわね」と、念を押していました。

母の言葉も嬉しかったけれど、わたしは父の夢を叶えてあげたいと思います。

祖父も父も違う仕事からそば屋に転職しました。

わたしも将来、祖父や父のようなおそばが大好きな人と結婚して、「名月庵」を継ぎたいです。「名月庵」の暖簾を守るのがわたしの夢です。

定年つながり

1

気が急《せ》いていた。通い慣れない道で、緊張してもいた。

気は急いていたが、急《いそ》いでいたわけではなかった。

住宅街なのは承知している。したがって、スピードは出していない。四十キロという制限速度も守っており、信号機のない十字路に入る手前では、充分スピードを落としていたつもりだった。

こちらが優先道路であることは承知していた。それでも、交差する道路から車が飛び出してくるかもしれない、と身構えてはいた。すぐに止まれる速度で交差点に侵入したときだった。不意に左手から自転車が現れて、息を吞《の》むと同時にブレーキを踏み込んだ。車体に軽く何かが接触する感触があって、車は停止した。

自転車の姿が視野から消えて、彼はあわてた。運転席から降りて確認すると、制服を着た少女が倒れた自転車を抱え起こすところだった。

「大丈夫ですか？」

少女にかけた声がうわずった。

「あ……大丈夫です」

高校生だろうか。彼女も急いでいる様子だった。ろくにこちらも見ずに、そのまま自転車に乗って去ろうとしたので、「怪我してませんか？」と、続けて声をかけた。

「大丈夫ですから」

少女はちらっとこちらを見ると、怒気をこめたような声で言う。

「あの、ぼくも急いでいるんですが、あとで連絡します。三日後、いや、四日後には必ず」

確かに急いでいる。だが、誓《ちか》ってもいい。必ず連絡する。

「あの、失礼ですが、お名前は？」

「Y高校一年……ナカノカナです」

「ぼくは山本《やまもと》です。山本あつ……」

よほど急いでいたのだろう。姓のあとの名前を告げる前に、女子高生は自転車で走り去ってしまった。

――あれでよかったのか。

車に戻り、運転を再開しながら、彼は不安に襲われた。本人は大丈夫と言ったが、あの短時間で全身の状態を把握《はあく》するのは不可能だ。時間がたって痛みが出てくるおそれもある。そのときのために、せめて、名刺を渡しておくべきだったのではないか。

――しかし、とりあえず、三日後、いや、四日後までは……。

彼はかぶりを振ることで、不安を追い払った。人の命がかかっている。自分のかわりはいないのだから。

2

「三度目の定年、おめでとう」

龍彦《たつひこ》のグラスにスパークリングワインを注いで、邦子《くにこ》は言った。

「ありがとう」

照れくさそうに受けて、「少し飲めよ」と、龍彦は邦子にも杯を勧める。

いはいいだろう。

「じゃあ、ちょっとだけ」

アルコールは弱くてすぐに顔が真っ赤になる体質だが、特別な日だから、今日くら

底から炭酸が勢いよくわき上がるグラスをぶつけ合って、乾杯をする。

「ああ、ついに迎えた献血定年か」

グラスを口から離すと、龍彦は感慨深げに言った。

「いままでご苦労さま。お疲れさまでした」

邦子はそう労《ねぎら》いながら、同じ言葉を十年前と五年前にも発したことを思い出していた。


十年前、夫の龍彦は、大学卒業後三十七年勤めたビル管理会社を定年退職した。それから五年後、再雇用されて引き続き勤めていた同じ会社を完全退職した。

そして、今回。七十歳の誕生日を二日後に控《ひか》えた今日、最後の献血を終えて、晴れて「献血定年」を迎えたのだった。

「二十歳から始めて五十年間。献血回数は五百六十三回。われながら、よく続けてこられたと思うよ」

テーブルに置いた献血カードを見て、龍彦はため息をついた。厚生労働省の規定で、

献血が可能な年齢は、六十九歳までと決められている。

「そのあいだ、いろいろあったものね」

「ああ、いろいろあったよな」

「献血手帳から運転免許証サイズの献血カードになったし、献血のあとに配られていた図書券などは廃止になったけど、献血ルームはすごくおしゃれになって、お菓子や飲み物を置いてあったり、ネイルをしてくれるところも出てきたり」

「あ、ああ、そっちか」

と、龍彦が虚をつかれたような表情で受ける。

――そのあいだのわたしたち二人の歴史のことを指していたのね。

夫の心の中を読み取って、邦子はくすりと笑った。そして、その二人の歴史を思い起こした。

邦子と龍彦を結びつけたのも、「献血」だった。それぞれの職場の近くに献血ルームがあり、昼休みに気まぐれで入った邦子が、龍彦の落とした献血手帳を拾ったのが出会いのきっかけだ。「濱田《はまだ》龍彦さんはいらっしゃいませんか?」と、手帳に記入された氏名を読み上げたとき、「あっ、ぼくのです」と、頭に手をやりながら駆け寄ってきたのが龍彦だった。

「すみません。中を見ちゃったんですけど、ずいぶん何回も献血されているんですね」

「ええ、まあ。できたら、七十歳までがんばって献血しようと思って」

「七十歳？」

「ご存じないですか？　献血にも卒業の年齢があって、それが七十歳なんですよ」

「じゃあ、あと……」

「さあ、何回できるでしょうね。問診や検査で断られるときもあるから、あと百回か、五百回か、一千回か」

「七十歳まで、がんばって血を採《と》られてくださいね」

そのときはそれだけの会話で別れたが、二十代の若さで七十歳の「献血定年」を視野に入れている奇特《きとく》さが気になった邦子は、彼に再会したい一心で、それから熱心に新宿の献血ルームに通った。

そして、めでたく五回目で龍彦と再会することができたのだった。龍彦もまた、手帳を拾ってくれた邦子とふたたび会いたくて、せっせと通ってきていたことをあとで知った。

献血デートから夜のデートへと発展し、三か月後には龍彦にプロポーズされて、邦子はすんなり承諾した。デートのときに彼から聞かされた献血を始めた動機が、結婚の決め手になったのかもしれなかった。龍彦は、小学生のときに幼なじみを交通事故で亡くしている。搬送《はんそう》された病院で幼なじみが緊急手術を受けたとき、輸血のために大量の血液が必要になることを知った。無念にも命を落としてしまった幼なじみのためにも、大人になったら献血をする決心をしたのだという。

埼玉県川口市のマンションで新婚生活をスタートさせて、翌年には長女が生まれ、二年後には長男も生まれた。

「わたしの分まで血を採られ続けてきたんだから、本当に立派だと思うわ。表彰状を贈りたいくらい」

出会いから今日に至るまでを振り返った邦子は、食卓に向かい合った龍彦を改めて労った。

結婚してほどなく子供を授かったため、邦子は献血ができない身体《からだ》になった。その後も子育てで忙しく、とても献血ルームに行く暇など捻出できずにいた。子供たちが小学生になって、ようやく自分の時間ができたと思ったところ、近所にやってきた日本赤十字社のバスまで出向き、〈さあ、久しぶりに献血するぞ〉と意気込んで腕を差し出したものの、血圧測定で引っかかってしまい、B型の自分の血液を提供することができなかった。その後も低血圧だとか、血液比重が足りないなどと言われて断られることが続き、気弱になると同時に、献血をするために外出するのが億劫《おっくう》になってしまった。それからは、「任せておけ。丈夫な俺が君の分まで血を採られてやるから」と、胸を叩いた龍彦に自分の思いを託《たく》したのだった。

「そうそう、『七十歳まで、がんばって献血してくださいね』じゃなくて、『がんばって血を採られてくださいね』があまりにも強烈で、何か意識するようになったんだったよな」

龍彦もワインを飲みながら、昔を想起していたようだ。自分で言って気恥ずかしくなったのか、「お互い、若かったよな」とつけ加えて首をすくめた。

「まだまだ貢献《こうけん》できそうなのにね。どうして、七十歳を超えたら献血できないのかしら」

邦子は、夫の太い二の腕を見て言った。龍彦は肩幅が広く、がっしりとした身体つきで、定期健診で引っかかったことのないほどの健康体だ。

「個人差はあるだろうけど、いちおうの目安として定年年齢を設《もう》けているんだろうね」

そう受けた龍彦の表情も、心なしか寂しそうだった。

「定年といえば」

そのワードから三年前のエピソードを連想して、邦子の口元に思い出し笑いが生じた。「遊園地の乗り物にも定年があるのよね」

「ああ、そうだったな。浅草花やしきのジェットコースターだったか」

と、龍彦も懐《なつ》かしそうに目を細める。

あれは、三年前。孫娘のさやかと三歳違いの弟の優矢《ゆうや》を連れて、浅草の遊園地花やしきに行ったときのことだった。

さやかと優矢は遊園地の乗り物が大好きで、とりわけ、さやかは小さいころからジェットコースターに目がなかった。ところが、過激な乗り物とされるジェットコースターには身長制限が設けられている遊園地が多い。成長が遅かったさやかは、小学校に上がってもなかなかその身長に達せず、悲鳴を上げながらも嬉々《きき》として乗っている友達をうらやましそうに眺めながら、涙をこらえていたものだった。それだけに、身長制限をクリアしてからは、休みのたびに、名物ジェットコースターのある各地の遊園地に行きたがった。さやかの両親は、娘の要望にできるだけ応《こた》えようとしていたようだったが、三年前のその日は両親ともに用事があり、龍彦と邦子がさやかと優矢を浅草の花やしきに連れていったのだった。

　ジェットコースターとはいえ、花やしきのローラーコースターは日本現存最古とされ、レトロな雰囲気の比較的マイルドな乗り物である。当然、みんなで乗るつもりで列に並んでいたのだが、係員に年齢を尋《たず》ねられ、「六十四歳です」と答えた邦子はパスしたのに、「六十七歳です」と答えた龍彦は断られた。ローラーコースターには、百十センチ以上という身長制限とともに年齢制限が設けられていたのだ。六十五歳以上の高齢者は乗ることができないという。

「おばあちゃん、ぎりぎりセーフでよかったね」

　さやかに笑顔で言われて、スピードとスリルを味わって満足して降りてきた邦子に、

「何で俺だけ乗れないんだ。一律に年齢で区切るのはおかしい」

　と、頑強《がんきょう》な健康体を自任する龍彦は、へそを曲げていた。

「若いつもりでいても、客観的に見たら『おじいちゃん』『おばあちゃん』だもの、心臓発作でも起こされたら大変なのよ」

　邦子は、自嘲ぎみにそう言って、龍彦を慰《なぐさ》めたのだった。

「あれから三年。俺ももう七十か」

　あーあ、と龍彦が大きなため息をついたとき、居間のドアがノックされて、その話題の中心、孫娘のさやかが顔を出した。

「おばあちゃん、ご飯のあとで話があるんだけど、いい？」

「ええ、いいけど」

――わたしに話があるときは、大抵、ママには話せない内容なのよね。

さやかの不安げな顔色を見て、邦子は直感した。

3

「その手、どうしたの？　怪我《けが》したの？」

ソファに座ったさやかの右手の甲の絆創膏《ばんそうこう》に気づいて、邦子は聞いた。

「ああ、うん。ちょっとね」

さやかは答えると、絆創膏が貼られた箇所《かしょ》を隠すように左手を載《の》せた。話というのは、その怪我に関係した内容ではないのか、と邦子は推察した。

「おじいちゃんは？」

邦子以外の人間に聞かれたくないのだろう。祖父の存在を気にして、さやかは寝室へと視線を投げる。

「寝るまで部屋でテレビを観《み》たり、本を読んだりしているわ」

それが龍彦の日課である。就寝時間と起床時間の違いから、夫婦の寝室内には間仕切りを設けている。

「そう」

うなずいたが、パジャマ姿のさやかは言葉を継ごうとしない。

「何か飲む？　冷たいものがいいかしら」

気分を落ち着かせるために、飲み物を用意しようと台所に行きかけたが、

「いらない。寝る前に水以外のものを飲むとママに叱《しか》られるから」

と、さやかに拒否された。

「それもそうね」

小さくため息をついて、邦子はソファに戻った。

娘の家族と二世帯住宅で同居を始めて、三年三か月。娘の百合《ゆり》の希望で玄関は別々にして、一階は親世帯、二階と三階は娘世帯と分かれた設計になっているが、内部で行き来ができる。もちろん、水まわりも別々で、食事も一緒にはとらない。「それぞれの生活サイクルを尊重したいから」というのが百合の考えだ。

二世帯住宅の建築を提案したのは、百合だった。百合のところは共働き家庭で、それまでも孫が熱を出したり、親が行事に参加できなくなったりしたときなどは、邦子

が川口から赤羽の娘のマンションまで駆けつけて助けてやっていた。ひと足先に年金生活に入った夫のあとを追って、もうじき邦子も年金生活に……という時期に、「いっそのこと、同じ屋根の下に住まない？」と、百合が持ちかけてきたのだ。いままでも充分近い距離に住んでいるのに、と邦子は迷ったが、「老後のこともあるからな。百合たちと同居したほうがいいかもしれない。最後はやっぱり、庭つきの家に住みたいしね」という龍彦の意見に押されて、提案を受け入れた。

ＩＴ企業のシステムエンジニアをしている息子は独身で、海外で暮らしている。自らフィリピンのセブ島に移住して、リモートワークをする選択をしたのだ。その息子にも相談してみたが、「姉貴に任せるよ。俺はいまの働き方が好きだから、俺のことは計算に入れないで」と、パソコン画面越しに返された。

川口市内に土地を探す一方で、双方の自宅を売却することにして、二世帯住宅の設計を進めた。どちらも中古マンションだったので、売却先が見つかってもそれだけでは建築費用は賄《まかな》えず、百合の夫が住宅ローンを組む形になった。

「お嫁さんとの二世帯住宅だとお互い気を遣って、いろいろ問題も生まれるけど、実の娘なら気がねはいらないから、生活しやすいんじゃない？　ゆくゆくは、娘さんに老後の面倒も見てもらうんでしょう？　お宅がうらやましいわ」

と、息子の家族が近くに住んでいて、息子の妻に敬遠されていると嘆《なげ》く友人に言われたが、実の娘ゆえに生まれる問題も確実に存在する。

のんびりとした性格の邦子と違って、娘の百合はせっかちで物事をてきぱきと進める。思ったことをはっきり言う性格でもあり、母親の邦子に対しても遠慮なく言いたいことを言って、邦子が言い返す言葉を喉元で抑える場面も多々ある。娘婿にローンの残りを払ってもらっているという負い目がそうさせるのだろう。

百合の娘のさやかは、「隔世遺伝《かくせいいでん》じゃないの？」とまわりに言われるくらい容貌も性格も邦子に似ており、おとなしくておっとりしている。

しかし、一見おとなしそうに見えるさやかだが、自分の意見をしっかり持っていて思慮《しりょ》深く、芯《しん》が強いことを邦子は知っている。集中力があり、こうと決めたらぶれない意志の強さも備わっている。

「あのね、けさ、自転車で転んだの」

話す内容を頭の中で整理する時間が必要だったのだろう。ようやく、さやかは切り出す気になったようだ。

「学校に行く途中？」

高校一年生のさやかは、自転車通学をしている。

「うん。線路を渡ってちょっと行ったところの交差点で」

「あら、あそこは信号がなかったわね」

「ああ、うん。そこで、右からきた車にぶつかって。あっ、ぶつかったと言っても、ほんの少しかすった程度で、そのまま『大丈夫です』と言って、また自転車に乗って、学校へ……」

口が滑《すべ》ったというふうに右手で口を押さえたさやかは、手の甲の絆創膏に改めて気づいて、ばつが悪そうに両手を膝に置いた。

「自転車ごと転んだのね？　そのとき、手をすりむいたの？」

「うん」

やっぱり、こんな話は母親にはできなかったのだ、と邦子は納得した。百合であれば、「そんなの、ひき逃げじゃないの」と、大騒ぎするに違いない。

「どうして、そのまま行ってしまったの？」

「寝坊して、遅刻しそうだったから」

本好きのさやかの部屋は、夜遅くまで明かりがついている。昨夜も本を読んでいたのかもしれない。

「怪我は手だけ？」

「膝小僧もちょっと」

　さやかは、パジャマのズボンをめくり上げて、右の膝小僧の絆創膏も見せた。手の甲より大きめの絆創膏が貼《は》られている。

「ほかに痛むところはないの？」

「別にないけど、でも……」

　でも、と言いかけて、さやかは言葉をとぎらせる。

「車の運転手さんはどうしたの？」

　大事な孫娘が交通事故に遭《あ》ったのである。そのときの運転手の対応が気になる。

「車から降りてきて、怪我はしてないか、とか聞いてきたけど、急いでいて、パニックになって、車のナンバーも見る余裕がなくて……」

　さやかの声が震《ふる》え始めた。「あっちが優先道路だったし、わたし、一時停止を怠《おこた》った自分が許せなくて、それで……」

「それでも、当たりどころが悪かったら、あなたは大怪我をしていたかもしれないのよ。そしたら、車を運転していた人の責任も重くなる。時間がたって、後遺症が生じるおそれもある。そういうときのためにも、どんな小さな事故でも警察を呼んだり、自分の名前や連絡先を告げておいたりする必要があるのよ」

「やっぱり、そうだよね」

涙目になったさやかは、そう言ってうなずいた。「あのとき、どうするのがベストだったのか、おばあちゃんの判断を知りたかったの」

「そう」

邦子は、さやかの両手を取って微笑《ほほえ》んだ。事故のことを母親には伝えず、祖母の自分に伝えた孫娘の判断も賢明だと思った。「とにかく、大きな怪我がなくてよかったわ」

「それでね、その運転手さん、校長先生と同年代の男性で、五十代くらいだったと思うけど、『山本』って名乗ったの」

「山本さん？　連絡先は教えてもらったの？」

「そんな時間はなかった。その人もすごく急いでいたみたいで」

「急いでいたにしても、ぶつかったあなたをそのまま行かせてしまったのだから、誠実さには欠けるわね」

「でも、その人、あとで連絡する、三日後、ううん、四日後だった、とにかく四日後には必ず連絡する、って言ったの」

「それじゃ、さやかは自分の連絡先を教えたの？」

「あ……うん、高校名と名前は」

うつむき加減に答えて、「ねえ、おばあちゃん。その人、本当に、四日後に連絡してくると思う？」と、さやかは身を乗り出してきた。

「さやかはどう思うの？」

「どうって……何で四日後なのかな、って」

「あら、そこに興味を持ったのね？」

なるほど、と邦子はさやかの好奇心に共感を覚えた。さやかは、高校の文芸部に所属して小説を書いている。本人によれば、ＳＦやミステリーのジャンルだというが、邦子はまだ読ませてもらったことはない。秋の文化祭に合わせて、最初の文芸誌が発行される予定だという。

「おばあちゃんはどう思う？　どうして、その男の人は、四日後には必ず連絡する、って言ったと思う？」

「わたしの推理を聞きたいのね？」

推理小説が好きなところも、邦子とさやかは似ている。

「どこか海外に出張する予定があったんじゃないのかしら。四日で帰国できるとすれば、韓国とか中国とか、シンガポールとか東南アジアのあたりに。国内だとそんなに何泊もする出張はあんまりないだろうし。事故を起こしたときは、フライトの時間が迫っていて、空港に急いでいた途中だったのかもしれない」

「わたしもそれは考えた」

うん、と大きくうなずいて、さやかは目を輝かせた。「ほかには?」

「国内でも、四日間は拘束される場所に行く予定だったとか。たとえば、高齢の親が死にかけていて、北海道か沖縄あたりの実家に帰省する途中だったとかね」

「うん、それも考えた」

さやかは得意げに言い、「あと、警察に呼び出されて出頭するところだった、という推理もしてみたよ」と続けた。

「でも、それだと、四日と期限を設けるのはおかしな感じね。あらかじめ勾留《こうりゅう》される期間がわかっているわけじゃないし」

「そうなんだよね」

とっくに同じ推理を巡らしてみたのだろう。さやかは首をかしげる。

「とにかく、その男の人が四日後には学校に連絡してくる、と約束したんでしょう?だったら、待ってみましょうよ」

「ああ……うん。そうする」

そう応じたときのさやかの顔がかすかに曇《くも》ったのが気になったが、邦子は孫娘と秘密を共有できたようで、何だか楽しい気分になった。

4

突然、腰に鋭い痛みが生じて、山本厚志《あつし》は、思わず顔をしかめた。熱せられた鉛《なまり》を、腰骨あたりに強く押し当てられたような感覚だ。背筋を伸ばし、腰に手を当ててみたが、揉《も》まないほうがいいだろう、と思い直した。何日か前から、自分の身体なのに自分の身体ではないような感覚が続いている。

何度か深呼吸を繰り返したら、痛みは徐々《じょじょ》に和《やわ》らいでいき、耐えられる程度の鈍い痛みにまでおさまった。

「大丈夫？　顔色が悪いけど」

かけられた声に、ハッと顔を上げた。

七年前に別れた妻が、眉をひそめて見下ろしている。相変わらず長身の元妻だ。

「ああ、大丈夫。ちょっと腰を痛めただけだから」

「どうしたの？　ぎっくり腰？　ゴルフのやりすぎ？」

曖昧《あいまい》にぼかして、「理沙《りさ》は？」と、山本は前の席に座った元妻に聞いた。

「ちょっと遅れるって、さっきＬＩＮＥがきたわ。創立記念日でもあの子に休みはないの。医学部に入るには、少しでも気を抜いてはだめなの。大事な講習を抜け出してくるんだから」

元妻の恩を着せるような不満げな表情に、「ごめん」と、山本は顔の前で手を合わせるしかなかった。

一昨日の親子面接の予定を、急遽《きゅうきょ》今日に変更してもらったのだった。

理沙は、都内の中高一貫校に通っている。かなりの進学校だ。医学部をめざしているという話は、四回前の面接のときに本人の口から聞かされた。「お父さんもできるかぎり応援するよ」と、励《はげ》ますつもりで言ったのだが、「どう応援するの？」と問い返されて、言葉に詰まってしまった。それから、気まずい雰囲気《ふんいき》になり、その気まずさを引きずっている状態だ。

離婚して元妻に親権を渡しても、一人娘の理沙との絆《きずな》は断ち切れない。話し合いの結果、ひと月に一度の親子面接の権利を手に入れたが、理沙と順調に面談できたのは小学校五年生ころまでで、それ以降は「進学塾があるから」「夏期講習を抜けられないから」「吹奏楽部《すいそうがくぶ》の練習があるから」「体調がすぐれないから」などと、本人の都合でキャンセルされたり、延期されたりすることが増えた。もちろん、山本が理沙と面談する日は、近くに親権を持つ母親も控えていなければいけない。元妻の都合がつかずに、面接がキャンセルになることもある。

そのときどきの面接場所は、すべてあちらが指定してくる。今日指定されたのは、前にも利用したことのある日比谷公園内のレストランで、ランチタイムをはずれた時間帯には中庭に面した静かな席を用意してくれる。

「仕事はどう？　順調？」

アフタヌーンティーのセットが置かれたテーブルに着いた元妻は、たいして興味なさそうに聞いてきた。別れて他人となった二人である。「かすがい」である理沙がいないと間がもたないのは、山本も同様だった。とはいえ、黙《だま》っているわけにもいかない。

「まあね」

山本はまた曖昧に受けて、「そっちは？」と質問を投げ返した。

「こっちもまあまあね」

彼女の答えにも気持ちが入っていないのがわかる。

それで、元夫婦の会話は終わってしまった。

──なぜ、彼女と一緒になったのだろう。

なぜ、別れたのだろう、ではなく、その思いのほうが強く体内にわき起こった。夫婦でいたことがいまは不思議でならない。

別れを切り出したのは、元妻のほうだった。山本は、不倫をしたわけでも、金遣いが荒かったわけでも、相談なく転職したわけでもなかった。結婚してから妻以外の女性と深い関係に陥《おちい》ったことはなかったし、ギャンブルもやらなければ、転職も考えず、まじめに仕事を続けて、二人で作った口座に同じ額ずつか、ときには山本のほうが少し多めに家計費を入れていた。

山本と元妻とは大学の同期で、ともに大学院に進み、違う会社ではあったが、同じ規模の会社に就職して、手取りの給料もほぼ同額だった。二人とも研究職だったせいか、仕事を優先して、気がついたら三十代半ばになっており、周囲の既婚者の割合が増え始めた。少しの焦《あせ》りがあったのだろうか。同窓会で再会した二人は、互いにまだ独身なのを知ると、急速に接近した。

「このまま一人でいても、結婚しても、あんまり生活が変わらないような気がするの」

だから、結婚したい、と元妻は言った。

おもしろい考えだな、と山本は思ったが、二人の交際から自分も同じような感触を受けていたので、結婚を決めた。結婚しても生活のペースが変わらないのは、重要な気がしたのだ。

思ったとおり、結婚しても生活にさほど変化はなかった。一人暮らしが長かったから、料理は得意とは言えないまでも、山本も大概の家事はこなせる。早く帰宅したほうが夕飯を作り、遅く帰宅したほうがたまった食器を洗う。休日は、分担して家事をする。それで、結婚生活は順調に回っていると思っていた。

「子供がほしい」

結婚三年目に、元妻が切り出した。山本は、子供などいなければいないでいい、くらいに思っていたから、唐突感にちょっと面食らった。だが、四十歳手前で子供がほしくなる女性の気持ちも理解できたので、それなら協力する、と受け入れた。

幸い、ほどなく元妻は妊娠し、女の子が生まれた。高齢出産だった。

子供が生まれて、それまでの生活と変わらないわけがない。ともに地方出身者で、双方の親は遠くに住んでいたから——山本の母親は他界していたが——、子育てで親には頼れない。保育園の空きが見つかるまでは、駅前の保育ルームに預けたり、家政婦を頼んだりして、何とか互いの仕事に支障が出ないようにやりくりした。保育園の送り迎えの回数もほぼ同じだったし、保育園からの急な呼び出しには山本も応じた。

――仕事はもとより、家事面でも育児面でも彼女と同等にやっているはず。

山本は、そう自負していた。

理沙が小学校に入学すると、保育ママや学童保育の助けを借りて仕事と家庭の両立を図《はか》ったが、山本も元妻も管理職に就《つ》いて、任される仕事が増え、責任も増した。給与面でも忙しさの上でも互角だった。そんな中でも、どちらかに出張が入ったりすれば、何とかやりくりして相手の仕事を優先させていた。元妻が一週間、長崎の研究所に出張していたこともあったが、そのあいだ山本は、家政婦や同僚の手を借りて切り抜けた。

そして、今度は、山本に一週間の海外出張が入った。大きな仕事を終えた達成感を抱えて、出張先から帰った日だった。家の中は、何も変化がないように見えた。夜遅かったので、理沙はもう寝ていた。居間のソファに座って、元妻が黒いテレビ画面を見つめていた。

「ただいま。変わりない？」

何げなくそう問うた山本に、

「変わりないように見える？」

と、ついていないテレビを見つめたまま、元妻が問い返した。

「何かあったの？」

「別に。何もないわよ。何も変わってないでしょう？　だから、そこが問題なのよ」

「……どうしたの？」

様子がおかしい、と山本は思った。彼女は、ひどく不機嫌だ。怒っている。が、理由が皆目《かいもく》わからない。疲れているだけなのか。

「わたしが出張して帰宅したとき、この家はどうなっていた？」

「どうって……」

「理沙の世話はちゃんとしていた。家事はちゃんとやっていた。そう言うつもりでしょう？」

「ああ、まあ、完璧ではないけどね」

「わたしはね、意識して、この家の中をいつも同じ状態に整えているの。保っているの。維持しているの。そのためにすごく努力しているのよ。冷蔵庫の中の食材を使い切っているか、何か余らしているものはないか、氷はできているか、歯磨き粉や洗剤は切らしていないか、お風呂場にカビは生えていないか、そういうあらゆるところに気を配っているわけ。それなのに……」

「ごめん。ぼくはそこまでは……」

思い当たる節があった。歯磨き粉の買い置きがないのに気づいていたのに、彼女が出張から帰るまでいいやと思って、ビジネスホテルから持ち帰ったアメニティの小さなチューブ入りのを理沙と二人で使い続けていた。

「手を抜いていたのなら、ごめん。でも、言ってくれれば、ぼくだって……」

「ぼくだって？」

元妻は、声を大きくした。興奮したのか、肩が上下している。いきなりキレたとしか、山本には思えなかった。

「それじゃ、わたしが言わなきゃ、あなたは一生気づかないで、一生やらないってこと？」

「言ってくれなきゃわからないよ。料理は得意じゃないけど、できる範囲でやってるつもりだし、洗濯だって掃除《そうじ》だってやってるつもりだよ」

「料理に洗濯に掃除。あなたにとって、家事はそれだけなのね」

元妻は、皮肉っぽく笑って言葉を重ねた。「たとえば、トースターの受け皿にたまるパンくず。あなたは、そんな存在にはまるで気づかない。わたしがいつも定期的にパンくずを捨てて、お皿をきれいに洗っているから、清潔に保たれている。たとえば、スイッチまわり。家族が頻繁《ひんぱん》に触るから薄汚れている。そこもわたしが定期的に拭《ふ》いてぴかぴかにしているのよ。でも、あなたは気づかない。ひとりできれいになっていると思っている。家事の中には、そういうこまごまとした目立たない作業も含まれているのに、あなたは気づかず、やらない。言われたらやる？　それって、言われなければやらないってことでしょう？　理沙が巣立って二人きりになって、年金生活を迎える年齢になっても、そういう人は言われなければやらないままなのよ」

「何をそんなに怒っているんだよ。気に入らないところがあれば、ぼくだって直すよ」

「あなたはいいわ。男だから。わたしが長期出張のあいだ、家政婦さんにだって、同僚や部下の女性にだって、『奥さんがいないのに偉いですね』って褒《ほ》められるから。わたしなんて、どんな細かなところに目配りしようと、誰も気づいてくれやしない、褒めてくれやしない」

元妻は、顔を覆《おお》ってついに泣き出した。

触らぬ神に祟《たた》りなし。山本は、元妻が一時的に不機嫌で情緒不安定になっているだけで、翌朝にはいつもの彼女――自分の妻で理沙の母親――に戻っているだろうと楽観視していた。

ところが、翌日、彼女は「もう疲れたの。理沙はわたし一人で育てる。これ以上、あなたと一緒にいると、もっとひどいことを言ってしまいそうだから。あなたの中にわたしのいやな記憶しか残らなくなるから」と言って、離婚を切り出してきた。

山本は、二週間考えて、離婚に応じた……。

「お待たせ」

理沙の声に、苦い思い出に浸っていた山本は、現実に引き戻された。

元妻も、胸をつかれたように顔を振り向けた。彼女もまた苦い過去を思い出していたようだ。

「また大きくなったみたいだな」

と、挨拶がわりに言うと、

「全然。一ミリも伸びてないよ」

と、理沙に否定された。

「まったく、デリカシーがないんだから。中三女子に『大きくなった』は禁句なのよ」

元妻にもそうたしなめられた。

「お腹《なか》すいてるの。食べていい？」

理沙は、アフタヌーンティーセットの中から焼き菓子を何種類か皿に取ると、彼女の分の紅茶が運ばれてくるのも待たずに食べ始めた。

「理沙、あのな……」

山本は話しかけたが、「食べ終えるまで待って」と、会話も冷たく拒否された。

元妻も黙って娘が食べるのを見ている。

理沙は食べ終えると、運ばれてきた紅茶を「ちょっと熱い」と言いながら半分ほど飲んで、「時間がないの。ツーショット撮ってあげるから、今日はそれで我慢してね」と、スマホを持って山本の隣に来た。そして、「はーい、撮ります。いい？」と、困惑する父親にはかまわずに、勝手に自撮りをしたあと、「じゃあ、戻るね。写真はあとで送るから」と言い置くと、荷物をまとめた。

「おい、待て。この間の返事だ」

これで帰られては困る。次いつ会えるかわからない。

「返事って、何の？」

理沙が真顔になった。その顔が山本の頭の中で、先日会った女子高生の顔と重なった。ナカノカナ。高校一年生だという。理沙と同世代だ。

「医学部をめざしているんだろ? それで、お父さん、おまえを応援するって言ったら、『どう応援するの?』って聞かれたよな。その答えだよ」

「へーえ、どう応援するの?」

「その答えを見つけたんだ。いまはそれしか言えない」

「何よそれ」と、呆《あき》れた声で受けたのは、元妻だった。

「わかった。次回教えて」

理沙はそう受けて、じゃあね、と手を振って講習の場所へと戻っていった。

「どう応援するのよ」

二人残されると、元妻は苛立《いらだ》ったような口調で山本に聞いた。

「理沙とぼくの問題だから、本人に言う」

彼女はあくまでも元妻で、他人にすぎない。そう言い放って、山本は席を立った。

5

Y高校一年生のナカノカナ。その名前は忘れていない。山本の自家用車と接触して、自転車ごと転倒した女子高生。

――あの子は、その後、どうしただろう。

あのときは気づかなかった箇所が痛み出したのではないか。事故のことを家族に話して、家庭内で騒動になっているのではないか。「ひき逃げ」という言葉が脳裏に浮上し、日ごとに罪悪感が強まる。四日後には必ず連絡する、と彼女に約束した。約束を破るわけにはいかない。明日がその期日だ。

もう一度彼女に会ってきちんと謝罪しないと、理沙に対しても顔向けできない気がした。せっかく、応援の方法を見つけたのである。そして、その応援の気持ちは思いがけなく実を結んだ……。

体調は万全とは言えず、少なくとも今日は車を運転するのは控えている。駐車場に車を置いたままにしてきた。元妻と別れると、電車に乗って川口へ向かった。JR西川口駅に着いて、Y高校に電話をした。Y高校が私立の女子高校であることは、あらかじめ調べてわかっている。在校生のナカノカナの情報が得られ次第、Y高校へ行こうと決めていた。

電話口に出た男性に、まず名前を名乗って、事故の状況と日時を伝えた。

「一年生のナカノカナさんから事故の報告のようなものは、受けていませんでしょうか。彼女も急いでいたらしく、自転車を起こしてそのまま乗っていってしまったのですが、こちらも事情があって急いでいたのは事実です。とはいえ、彼女の怪我の様子も確かめずに行かせてしまったことには重い責任を感じております。彼女に会って謝罪をし、怪我の具合によっては治療費もお支払いしたいと思っています」

「少々お待ちください。こちらで調べて折り返しお電話します」

Y高校からの電話は、一時間後にかかってきた。

「一年生の各クラスの担任に確認したところ、現時点で事故の届け出はありません。怪我をして欠席しているとか、事故で通院中の生徒もいません」

「そうですか」

安堵《あんど》したものの、罪悪感は消え去らない。「でも、やっぱり……」と言葉を継いだ瞬間、「そもそも、当校にナカノカナという名前の生徒はおりません」と、冷たい響きの言葉をかぶせられて、山本は声を失った。

6

邦子は、階上の娘の家族が夕食を終えたころを見計らって、今度は自分のほうからさやかの部屋へ上がっていった。

さやかは、何か書きものをしていたらしい。ノックして部屋に入ると、机の上をあわてて片づけて、椅子をくるりと回し、邦子に向き合った。

「昨日が期限だったわね」

ベッドに浅く腰をかけて、邦子は言った。

「ああ、うん。約束の日が過ぎちゃったね」

その声に失望感があまり含まれていないことを、邦子は奇妙に思った。

「山本さんって人、本当にあなたの学校に連絡したのかしら」

「さあ、どうかな」

「学校で担任の先生からそういう話はなかったの？　たとえば、ホームルームでとか」

「別になかったけど」

「そう」

目を合わせようとしない孫娘の様子を見て、邦子は立ち上がった。「やっぱり、その山本さんって、無責任な大人だったのね。山本なんて名前もうそかもしれない」

――大人なんてそんなものよ。だから、信じないほうがいいの。

人間不信の気持ちを言外に匂《にお》わせて部屋を出ようとした邦子を、

「おばあちゃん、ごめん。うそついたのは、わたしのほうなの」

と、さやかが呼び止めた。

「どういうこと？」

「わたし、高校名はちゃんと教えたけど、諸角《もろずみ》さやかって名前は教えなかったの。口からでまかせの名前を言って……何て名前だったか、もう忘れちゃった」

さやかは肩をすくめたが、そのまなざしは不安げに揺れている。

「どうしてそんなことを？」

「だって……はじめて会った男の人だったし、状況が状況だし、本名を言うのが怖くなって。いつもママには、『知らない人に簡単に名前を教えちゃダメ』って言われるし」

それももっともだ、と邦子は思った。「知らない人についていってはいけない」と教育され、胸に名札もつけないように指導されてきた世代の子である。

「それじゃ、その山本さん、いちおうはさやかの高校に問い合わせたかもしれないわね。それで、彼が記憶していた名前の子が在校していないと知って、どうしたかしら」

「さあ」

さやかは、お手上げというふうに両手を広げると、言葉を重ねた。「だまされたと思うかもしれないし、『ああ、あの子はかすり傷程度で大丈夫だろう』なんて軽く考えて、とっくに忘れ去られているかも。それ以前に、高校に問い合わせなんかしなかったかもね」

7

ナカノカナと名乗った女子高生を探し続けて、二週間が過ぎた。ナカノカナ。山本の聞き間違いでなければ、女子高生が偽名を使ったことになる。なぜ偽名を使ったのか。本名を名乗ることにためらいを覚えたのか。

——ナカノカナ、ナカノカナ……。

声に出して繰り返してみると、違和感が生じる名前ではある。

だが、彼女がY高校の在校生であるのは間違いない。女子高生が着ていた制服と、インターネットで検索して調べたY高校の制服とが一致したからだ。紺とグレーのチェック柄のスカートを覚えている。

——彼女の自転車とぶつかったあの時間、あの場所にいれば再会できるはずだ。

山本はそう考えて、早朝に車で家を出て、西川口駅近くのコインパーキングに車を入れ、あの信号機のない交差点までときにはタクシーで、ときには徒歩で行き、通学する女子高生らしき姿を目で追って、記憶にある女子高生を探した。この二週間で以前の体調にすっかり戻り、車の運転にも支障がなくなった。

だが、登校時の女子高生探しを、毎朝の日課にできるわけではない。都内での打ち合わせもあれば、出張もある。

視点を変えて、下校途中の彼女を探してみよう、と山本は作戦を変更した。Y高校の正門近くに待機していて、正門から出てくる女子高生たちをチェックするのだ。しかし、あまり露骨にやると不審者扱いされかねない。彼女が偽名を使ったとすれば、それなりの理由があってのことだろうから、不審人物として学校や警察に届けられては困る。

作戦を変更してから五日目に、ついに山本は記憶にあるあの女子高生——ナカノカナを見つけた。

見つけはしたが、たった一度、しかもごく短い時間接しただけである。こんな子だったな、とぼんやりと覚えている程度で、記憶力に自信はない。そこで、自転車に乗ったその子のあとを追いかけ、「ナカノカナさん」と、その背中に呼びかけてみた。

自転車がきゅっと止まり、女子高生が振り返った。

――やっぱり、彼女だ。

と、それで山本は確信した。

「ずっと探していました。ようやくお会いできました」

息を整えて彼女に話しかけると、驚いたのだろう、彼女は目を見張ったまま答えられずにいる。

「必ず連絡する、という約束でしたから」

山本は、そう言葉を重ねて、あやまった。「四日後という期限をだいぶ過ぎてしまい、すみません」

8

山本から手みやげに渡されたのは、とらやの羊羹《ようかん》だった。とっておきの煎茶《せんちゃ》をいれて、邦子はエアコンの効いた居間に運んだ。龍彦は、午後から地域の集会に出かけている。秋祭りに向けての何度目かの打ち合わせだ。

さやかが緊張した面持ちで、ソファに座った山本と向かい合っている。手みやげと一緒に差し出された名刺には、「山本厚志」と刷《す》られていた。

――志が厚い。この男性にぴったりの名前だわ。

山本が約三週間さやかを探し続けていたと知って、邦子は彼の誠実さや志の高さに感激した。学校近くでさやかを探しあてた彼は、「近いうちにお宅にうかがって、きちんと謝罪したい」と申し出た。

さやかは、山本の熱心さに負けて本名を明かし、「じゃあ、おばあちゃんを訪問するという口実であれば」と譲歩して、住所を教えたという。二世帯で住んでいるとわかるように、門柱には「濱田」「諸角」と二つ表札を並べてある。

それで、日を改めて、山本は一階の濱田家を訪れたのだった。

「改めて、お嬢さんの自転車に車をぶつけてしまったことを、そして、そのまま走り去ってしまったことをお詫《わ》びします」

邦子がさやかの隣に座ると、山本が頭を深く下げた。

「いいえ、さやかはわたしの孫ですよ」

「あ……そうでしたね」

山本は、照れたように頭をかいたが、すぐに表情を引き締めた。「とにもかくにも、大きなお怪我がなくてよかったです」

「すり傷はあったんですよ」

さやかが黙っているので、邦子は、深刻な雰囲気にならないように軽い口調で言った。「手の甲と膝小僧に。でも、若いのですぐに治ったみたいで。若いっていいですよね。回復力が旺盛で」

「それは、本当に申し訳ありませんでした」

山本がまた頭を下げた。

「それで、あのとき、山本さんが急いでいたのは……」

「なぜ、あのときさやかさんは、ナカノカナなんて偽名を……」

さやかの質問と山本の質問が重なった。

「さやかは、なぜ、あのとき山本さんが急いでいたのか、なぜ四日後に必ず連絡すると言ったのか、ずっと疑問に思っていたんですよ」

当事者でない邦子が、さやかにかわって山本に質問した。

「それは……」

複雑な事情があったのだろうか。言いよどんだ山本は、言葉を選んでいるらしい。

「ごめんなさい」

すると、わたしが先というふうにさやかが切り出した。「偽名を使ったのは、山本さんのことを完全には信じることができなかったからです。知らない男の人に本名を知られたくなくて。まあ、高校名は言っちゃったけど」

「わかっています。とても聡明《そうめい》な娘さん、いや、お孫さんだと思います」

視線をさやかから邦子に移して、山本は言った。

――この人は、さやかくらいの年代の子の扱いに慣れている。

邦子は、山本の言動から、ふとそう感じた。

「で、なぜ四日後だったんですか？」

真相が知りたくて待ちきれないのだろう。さやかが早口になって聞いた。

「入院していたからです」

と、山本は答えて、乾いた口の中を潤《うるお》すように煎茶をひと口飲む。

「どこかお悪いところがあったんですか？」

そう尋ねて、邦子はさやかと顔を見合わせた。病院に行くところだったのではないか、という推理は、二人のいずれも思いつかなかった。

「盲腸《もうちょう》だったとか？」と聞いたさやかに、「いいえ」と、山本は笑ってかぶりを振った。「まったくの健康体でした。健康体だったから、自ら車を運転して病院に行き、入院したんです。手術のためにね」

山本の謎めいた言い方に、ふたたび邦子とさやかは顔を見合わせる。どんな手術か推理してみて、と互いの顔が語っている。

「骨髄《こつずい》移植《いしょく》のドナーになったんです」

答えた山本は、すっきりしたような表情になった。

「白血病などの治療のときの骨髄移植ですか？」

邦子が確認すると、山本はうなずいた。

「ぼくも長年知らなかったんですが、骨髄移植のドナーになるのに年齢制限があるんです」

「年齢制限？」

さやかが言って、また邦子と顔を見合わせたのは、自分たちがドナー登録をしたことがないせいだった。

「患者さんと血縁関係にあるケースは別として、一般的には、骨髄バンクにドナー登録ができるのは、十八歳から五十四歳までとされています。そして、骨髄と末梢血幹細胞を採取できるのは、二十歳から五十五歳までとされています。すなわち、患者さんとＨＬＡの型が一致して、実際に骨髄を提供できる年齢の上限が五十五歳なんです。ぼくはいまちょうど五十五歳。ドナー登録をしたのが、五十四歳のときでした」

「年齢制限ぎりぎりのときでしたね」

そう受けたとき、邦子の頭に浮かんだのは、「骨髄ドナー定年」という言葉だった。献血に定年があるように、骨髄ドナーを登録する年齢にも、また実際に提供する年齢にも、定年があるのだという。

「山本さんは、立派だと思います。骨髄を採られるなんて、想像しただけで怖いもの。痛くないかなとか、失敗したらどうしようとか。でも、自分の骨髄が誰かの命を助けるかもしれない、そういう使命感や社会貢献の気持ちに駆られて、提供したんですよね」

さやかが言って、採取の場面を想像して怖くなったのか、顔をしかめた。

「使命感とか社会貢献とか、そんなご大層なものではありません」

山本は、緩やかに首を左右に振りながら言葉を続ける。「別れた妻を見返すためであり、最近生意気になってきた娘に『お父さんってすごいね』って、見直してもらうためですよ」

「山本さんって、バツイチなんだ」

と、途端《とたん》にさやかがくだけた口調になり、邦子は、〈しばらくあなたは黙《だま》っていなさい〉と諭《さと》す意味で肘《ひじ》を軽く突《つつ》いた。

「そうですよ」

と笑って、山本は饒舌《じょうぜつ》に説明を続ける。「離れて暮らしている娘との面接は月一回。それも、あっちの都合でキャンセルになったりして会えないことも多い。いま娘は中三で、将来は医者になりたいと言っています。その娘のひとことに触発されて、『じゃあ、ドナー登録しよう』と思い立ったときが五十四歳。それでも、登録できただけでもすごい、と自分で自分を褒めてやりたい気分になりました。最初は、ぼくも骨髄を採取されるのは怖かったから、ドナー登録しただけで充分だと満足し、どうせ型が一致することはないだろう、とタカをくくっていました。ところが、すぐに『型が一致しました』と連絡がきて、意思の確認をされてから、手続きの説明へと進んで……」

「あの日は、どういう日だったんですか?」

邦子は、質問を続けた。山本が運転する車がさやかが乗った自転車とぶつかった日だ。

「骨髄採取が行われる予定の前日で、入院する日でした。採取の翌々日に退院するという日程だったので、三泊四日の拘束だったんです」

「ああ、それで、四日後には必ず連絡する、とおっしゃったんですね?」

「ええ。ドナーの体調によっては、入院が長引くこともあると言われていましたが、退院の日にはどうしてもはずせない用事があって」

「娘さんとの面接の日だったのでは？」

「ええ、そうです。患者さんの容態《ようだい》に合わせて、骨髄採取の日が決められます。もちろん、病院もこちらでは選べません。本当は入院二日目が面接の日だったんですが、それを退院の日にずらしてもらったんです。だから、どんなに具合が悪くても、痛みが引かない状態でも、退院しないわけにはいかなくて。でも、運転するのは危険なので、車は病院の駐車場に置いたまま退院しました。また事故を起こしたら大変ですからね。その足でタクシーに乗って、娘と待ち合わせたレストランへ。もっとも、別れた妻も一緒でしたけどね」

「骨髄ドナーになったことを、娘さんには伝えたんですか？」

「まだ伝えていません。次回会ったときに言おうと思っています」

山本は、邦子からさやかへと身体を向けた。「娘と同じ年ごろのさやかさんは、どう思います？　娘がどんな反応を示すと思いますか？」

「そうですね」

さやかは小首をかしげると、間を置かずに答えた。「恥ずかしいから言葉で表現することはないかもしれません。だけど、骨髄ドナーになったお父さんのことは尊敬するはずです。娘さんは、お父さんをすごく誇《ほこ》りに思うでしょう」

9

山本が帰ったあと、邦子とさやかは、羊羹をもうひと切れずつ皿に載せて、改めてお茶の時間にした。

「人の命がかかっていたんだね。だから、あんなに急いでいたのか」

やっぱり、高級な羊羹はおいしい、とつぶやいたあと、さやかがしみじみと言った。

「山本さんが骨髄を提供した患者さんって、どんな人だったのかしらね」

邦子は、ずっと考えていたことを口にした。「男性だったのか、女性だったのか、若い人だったのか、年配の人だったのか、学生か、主婦か、会社員か……」

「ドナーとレシピエント……ああ、患者さんの意味だけど、両者は、相互のプライバシー保護のため、情報開示は認められていないんじゃなかったかな。でも、個人が特定されない範囲での手紙のやり取りは、骨髄移植関係の財団を通して認められていたと思う。回数限定でね」

「ずいぶんくわしいのね」

「ああ、うん。前に調べたことがあったから」

「小説を書くために、でしょう？」

水を向けると、一瞬、さやかは訝《いぶか》しげな表情になったが、「うん」と素直に認めた。

「文芸誌に載せる小説ね？　どういう小説を書いているの？」

「SFっぽい設定のミステリアスな家庭小説」

さやかは、具体的な内容には触れずに、そんな愉快な答え方をした。

「楽しみにしているわ。小説家のナカノカナさん」

「えっ？」

と、長いまつげに縁取られたさやかの目が見開かれた。まつげの長いところも、祖母譲《ゆず》りである。

「口からでまかせなんてうそでしょう？　あれは、小説を書くときのさやかのペンネームじゃないの？　回文なんてさやからしいわ」

見破られて悔しいのか、さやかはすぐには認めない。

「それから、交差点で一時停止を怠ったとき、あなたは小説の筋を考えていたんでしょう？　それで、ぼんやりしていたのね」

「さすが、おばあちゃん。抜群の推理力だね」

さやかは潔く認めると、近くのメモ用紙にボールペンで「中野加菜」と書いた。

あとがき

デビューして三十二年。九十三冊目の著書が本書『セカンドライフ』です。

何か一つ鍵となる言葉を決めて、そこから喚起されるイメージをもとに物語を紡ぎ出す。それが、わたしの基本的な短編集の作り方です。「探す」「二人」「ふたたび」「法律」「死体」「女と食」「女と住まい」「手紙」「夫以外」「終わり」など……。

同じ徳間文庫から出ている『二年半待て』では、「就活」や「婚活」や「終活」など「活」という漢字のつく言葉をもとにイメージを膨らませて、人生の岐路に謎を絡めた話を作りました。デビュー三十年の節目にその短編集で徳間文庫大賞をいただいたのですから、とても嬉しかったし、励みにもなりました。

選んだワード――テーマが、そのときの自分にぴったりはまることがあります。この「定年」がそうでした。

五十九歳のときに、創作のヒントを与えてくれていた開業医の父が九十歳で亡くなり、そうか、わたしももう親を見送る年齢になったのだ、と実感しました。まわりを見ると、高校や大学の同期の中には、早期退職して郷里に戻った人や、役職定年後の閑職に就いた人もいます。

大学を卒業して、都内の旅行会社に就職した一九八〇年。当時の定年は六十歳でした。現在では、職種によって違いはあるでしょうが、六十二歳から六十八歳までのあいだに設定されている企業が多いようです。

定年世代の作者ですから、どれも書きながら身につまされました。そして、どれも息をするように自然に書けた短編です（息をするように簡単に、という意味ではありません）。

わたしには珍しく七編中三編が男性の主人公ですが、手を離れたいまでも彼らを自分の分身のように感じています。

定年世代はもとより、年金生活に入って久しい人にも、就職したばかりの人にも、会社を辞めてしまった人にも、転職した人にも、どんな境遇にある人にも、手に取っていただけたら幸いです。

二〇二〇年九月　　新津きよみ

本書に収録されている作品「見知らぬ乗客」（「読楽」2018年8月号）「セカンドライフ」（「読楽」2020年8月号）「雲の上の人」（「ランティエ」2018年11月号）のほかは書下しです。なお作品はフィクションであり実在の個人・団体などとはいっさい関係ありません。

徳間文庫

セカンドライフ

2020年10月15日 初刷

著者 新《にい》津《つ》きよみ

発行者 小宮英行

発行所 株式会社 徳間書店

東京都品川区上大崎三－一－一 〒141－8202
目黒セントラルスクエア

電話 編集〇三(五四〇三)四三四九
販売〇四九(二九三)五五二一

振替 〇〇一四〇－〇－四四三九二

印刷 大日本印刷株式会社
製本

ISBN978-4-19-894599-2 (乱丁、落丁本はお取りかえいたします)

徳間文庫の好評既刊

川瀬七緒
桃ノ木坂互助会

厄介事を起こすのはいつだってよそ者だ。七十歳の光太郎は憤慨していた。町を守らなくては。そこで互助会の仲間と、トラブルを起こす危険人物を町から追い出し始める。その手段は嫌がらせ!?　老人だからこそできる奇想天外な作戦は好調に思えたが…。

川瀬七緒
女學生奇譚

この本を読んではいけない――奇妙な警告文の挟まれた古書がオカルト雑誌の編集部に持ち込まれた。古書の持ち主が行方不明だと竹里あやめは訴える。八坂がその本を読み進めるに従い周囲で不気味な出来事が続く。いたずら？　狂言？　それとも……。

徳間文庫の好評既刊

新津きよみ
二年半待て

婚姻届は待ってほしい——彼が結婚しない理由は、思いもよらぬものだった(「二年半待て」)。死の目前、旧姓に戻した祖母。エンディングノートからあぶりだされる驚きの真実とは(「お片づけ」)。人生の分かれ道を舞台にした、大人のどんでん返しミステリー。

新津きよみ
夫が邪魔

仕事がしたいのに、あの男は〝私の家〟に帰ってきて偉そうに「夕飯」だの「掃除」だの命令する……。苛立ちが募る女性作家のもとに、家事を手伝いたいと熱望する奇妙なファンレターが届く。嫌いな女友達より、恋人を奪った女より、誰よりも憎いのは……夫かも。